国际大奖儿童文学

INTERNATIONAL AWARD-WINNING CHILDREN'S LITERATURE

国际大奖儿童文学

杜利特医生航海记

[美]休·洛夫廷 著
何然 编译 文雨 绘

科学普及出版社
·北 京·

前言

随着年龄的增长，人会越来越需要阅读，不只是因为在现实世界中我们需要不断进行知识升级，更是因为我们需要故事。故事是精神的食粮，使我们不致荒芜地走完人生的旅程。一个人的所有经历，从成为回忆的那刻起，便成为这个人独有的故事。我们在阅读故事时，会笑，会敬畏，会充满激情地去行动，会想改变什么，会更加了解人之为人的原因。

我们可以通过阅读一本本经典之作，了解别人的故事，反思我们自己的人生。阅读让我们不必亲身经历苦难而知道苦难。阅读也可以让我们重构过去，塑造现在，面向未来。对于孩子来说，也是如此。他们的喜怒哀乐，可以通过阅读找到共鸣，获得抚慰。

一个人在七八岁，或者更早一些的年纪，捧起第一本满篇都是文字的书，这便是独立阅读的开始。如果这本书是世界经典作品，那么它将告诉孩子，在哺育他的文化背景之外，还有另外一种文化。除了他看到的、想到的，还有一个人用另一种视角、另一种思想看待和理解我们这个世界。这种美妙的阅读体验，有时会被难以理解的词汇和拗口的语句阻碍，有时会被个人有限的知识束缚，有时会被过长的篇幅和未养成的阅读习惯牵制……

为了避免给孩子带来以上问题，在编译这套“国际大奖儿童文学”书系时，我们邀请了一线教研人员和儿童文学作家，一遍遍打磨本书系的语言，最大限度地让书中的语句形象生动、明白晓畅。让孩子在脱离父母、老师辅助的第一次自主阅读时，不但能自己读懂，还能在头脑中形成画面，领悟原著的精髓，领略文字的魅力，带来想象力的提升。

为了将绘本阅读带来的美好体验和审美习惯延伸进自主阅读中，本书系中的每个分册都加入了大量的精美插图，帮助孩子理解故事，增加阅读趣味。当然，本书系也十分适合亲子共读。父母不仅是孩子的长辈，也是孩子的朋友。共同阅读一本经典作品，可以更好地促进良好亲子关系的形成。或许，在与孩子讨论某个人物、某个片段时，孩子的独到见解，也能令父母再次成长。又或许，在听孩子复述一个个故事、描绘一位位主人公时，父母会惊讶于孩子表达能力的提高，以及他们情感的丰富与细腻。

阅读让我们了解其他人的观念与思想，让不同的人拥有互通的语境。在这个背景下，我们有了沟通的桥梁，能够更好地给予理解，产生共鸣。希望本书系能成为孩子成长的多功能桥梁，而不局限于阅读一个方面，这也是本书系出版的初衷。

目录

第一部分

第二部分

第三部分

第四部分

第五部分

第六部分

第一部分

第一章　鞋匠的后代

我叫汤米·斯塔宾斯，父亲是沼泽地帕杜尔拜镇上的鞋匠雅各布·斯塔宾斯。我九岁半的时候，帕杜尔拜镇的规模还很小，当时全镇最美的风景非一条河莫属。这条河从小镇中间流过，河上横亘着古老的石桥“国王桥”，河岸边不远处则耸立着一座气势雄伟的教堂。

那时，年幼的我常常坐在堤岸边，一边遥望大大小小的航船驶进河道，一边晃动双腿，幻想自己哪天也可以像水手一样扬帆出海，去探索广博的世界。

航船停泊在国王桥附近以后，水手们会把货物卸到码头上。他们拼尽全力拉拽着绳子，同时还不忘大声唱起我没听过的歌谣。尽管我根本不明白他们唱的是什么，可还是会情不自禁地跟着哼唱，仿佛自己也是其中的一员。

每当看到航船掉转船头，沿着河道穿过沼泽，向着大海缓缓开走，我都会站在河岸这边的教堂前，不停地向它们挥手告别。我多么渴望成为一名水手啊！那样我就能和航船一起乘风破浪，去外面的世界闯荡了！航船速度飞快，走到河道转弯的地方眨眼就不见了，不过那比屋顶高出许多的褐色船帆却没有消失。它们轻轻向前移动，恍若一个个文雅的巨人，悄无声息地在鳞次栉比的房屋之间穿梭。我想，等下一次它们回到国王桥，停泊在老地方的时候，一定又会遇到数不清的奇闻逸事！船帆越来越远，终于没了踪影，我心里感觉空落落的，就像挚友突然离开帕杜尔拜镇一样，让我无比牵挂。

说到这儿，就不得不提起我在帕杜尔拜镇的三个好朋友了。有一个朋友叫乔，是个采蚌老人，平时住在桥下河边的小棚里。乔的手艺了得，他能用纸盒和木桶板做出漂亮的风车，能用破伞改造出别致的风筝，帮我修补的玩具船甚至可以在河里游来游去。

偶尔，乔会带着我一起驾驶他的采蚌船出海。退潮的时候，我们沿河道来到入海口，打捞龙虾和河蚌，然后拿回来售卖。那片荒凉的沼泽里，经常有各种鸟儿出没，好不热闹。乔告诉我，它们的巢穴就藏在盐碱沼泽地的长草丛里。傍晚，潮水回涨，我们也该驾船回家了！此时，国王桥上的灯火在昏暗的暮色里轻轻摇曳、闪烁，不禁让我想起了美味的茶点和暖暖的炉火。

我的另外一个好朋友叫马修·麦格，是个卖猫狗食物的小商贩。偶尔，他也会干点儿兼职，给一些农夫和磨坊主捉捉老鼠。那时，在镇上几乎每天都能看到马修端着盛满肉条的大木盘，游街串巷大声吆喝："肉条！最好的肉条啦！"

马修的面貌有些特别，眼睛斜视非常严重，人们第一眼看到他时常常会被吓到。其实，马修不仅风趣幽默，还十分平易近人，所以我很喜欢跟着他到处溜达。因为做买卖的缘故，马修几乎认识帕杜尔拜镇的每一个人以及所有的猫狗。猫狗只要一听到马修的声音，就会立即跑出家门，眼巴巴地围着他转圈。马修对各种品类的狗了若指掌，经常给我科普这方面的知识。他自己养了两条狗，一条惠比特犬，一条猎狐犬。

我还有一位神秘的朋友叫路克，素来被大家称为"隐士路克"。他有哪些有趣的故事呢？我之后再讲给你听。

除了喜欢坐在堤岸上观察来来往往的航船，我还有很多爱好，比如搜集鸟蛋、钓鱼、捕捉蝴蝶、四处采蘑菇和黑莓，或是帮乔修补渔网，等等。我之所以有大把的时间做这些有意思的事情，一个原因是我喜欢动物，一切和动物有关的事情我都感兴趣。还有一个原因是我没有上学，家里根本无力为我支付学费。只是，当时的我并没意识到，那些日子是多么的快乐和幸福！那时，我只有九岁半，和很多孩子一样，特别渴望快点儿长大，成为一名出色的水手，然后离开家，乘船远航，在无垠的大海上四处漂泊，追寻我的梦想。

第二章　首听杜利特医生的大名

一个春意盎然的清晨，我在镇子后的山林里漫步，偶然发现有只老鹰逮住了一只松鼠。我见松鼠可怜，便忽然冒出来，吓走老鹰，救下了它。松鼠的腿伤得不轻，我决定赶紧把它带回去找人诊治。

我最先来到乔的小棚里，问他有没有什么办法可以治好松鼠的腿。可乔仔细检查了半天，不住地摇头叹息："这松鼠一条腿断了，另一条腿也伤得很严重，我无法医治它，要知道，外科医生才有这个本事，而且还得是一位出色的外科医生！依我看，整个镇子只有约翰·杜利特医生能办到！"

我问："约翰·杜利特？他是兽医吗？"

"不，他是一位了不起的博物学家！"

"博物学家是什么意思？"

"博物学家啊，"乔慢条斯理地摘下眼镜，接着拿起烟斗往里面装起了烟丝，"就是对动物、植物、矿石等几乎无所不知的人。约翰·杜利特可是一位非常伟大的博物学家，你那么喜欢动物，居然没听过他的大名？"乔表情惊讶地扫了我几眼，然后继续说道："他对水生有壳动物如数家珍，但凡我了解的他全都知道。许多人都称赞他是这个世界上最了不起的博物学家！"

我闻言，两眼直放光："他住在哪里？"

"我记不太清楚了，不过大概位置是在镇子另一头的牛庄路上，至于几号，我想你随便问问那里的人，他们都会告诉你的。去找他吧，他肯定有办法救治这只松鼠！"

我谢过乔，抱起松鼠便往牛庄路飞奔。

刚来到市场，不远处响起了一个熟悉的声音："卖肉条！上好的肉条！"

"是马修·麦格。"我心里想，"他认识镇上的每一个人，肯定知道杜利特医生住在哪儿！"就这样，我又急匆匆地循着声音找到了马修。

"马修！你认识杜利特医生吗？"我上气不接下气地问。

"约翰·杜利特医生？"马修的表情很夸张，"我当然认识了！他可是一位响当当的人物，非常了不起！"

我急切地说："你能告诉我他住在什么地方吗？这只松鼠的腿断了，我想让他帮忙医治一下。"

"当然没问题！我正好要去那边，你跟我来！"

于是，我们边走边聊，一起朝那个方向走去。

"我认识约翰·杜利特已经很多年了。只是，我说不准他现在在不在家，他最近常去旅行。一会儿我把你带到他家门口，你以后就知道在哪儿能找到他了。"接下来，马修开始滔滔不绝地讲述他的好朋友——约翰·杜利特医生的传奇故事。他讲得投入，我听得入神，以至于完全忘记了要叫卖肉条的事情，直到猛然注意到身后跟着一大群狗，我们才停下来。

我看了看忙着给狗喂肉条的马修，好奇地问："这次杜利特医生去哪里

旅行了？”

马修手里的动作不停，慢悠悠地回答：“这我可没法儿告诉你！没人知道他去了哪里，什么时间离开的，以及什么时候回来。他一直独自居住，只与一些动物为伴。你不晓得吧？至今为止，杜利特医生已经远航过好几次了，每次都有超多收获。上次我见杜利特医生的时候，他兴奋地对我说，自己在太平洋发现了一个神秘的印第安人部落。部落里的男人和女人各住一个岛，一年只见一次面。大概圣诞节的时候，丈夫才会来到妻子所住的岛上，吃一顿丰盛的大餐，与妻子短暂相会……总之，杜利特医生非常了不起！若说起动物，我想世上再也没人比他知道得更多了！”

“为什么他会知道那么多关于动物的事情？”

马修停下脚步，凑到我耳边悄悄地说：“他会讲它们的语言。”

“真的吗？”

“当然是真的！”马修露出一副见怪不怪的表情，“任何动物都有自己的语言，只不过有些比较健谈，有些话比较少，还有一些动物平时更喜欢使用肢体语言表达情绪。这个秘密只有他和我知道，你千万别说出去，不然人们会笑话你的！你知道吗，他甚至还能把动物们的语言写出来呢！我记得他曾经用猴子的语言编写过历史书，用金丝雀的语言作过诗，还专门给喜鹊作曲写词让它们演唱。最近一段时间，他忙着研究水生有壳动物的语言，不过这项工作的难度相当大，为此他不得不经常把自己的头浸在水里，以至于已经得了好几次重感冒。他是不是很了不起？”

我认同地点点头：“是啊！他还真是个了不起的人！真希望他此刻在家，那样我就可以见到他了。”

走了一会儿，马修指着不远处的一处建筑说：“你瞧，那就是他家！”

这时，我们已经走到了帕杜尔拜镇的边缘。马修所说的那座小房子四周被一个大花园环绕着，看起来孤零零的。我们想要到达院子的正门，需要爬上一段长长的台阶。花园的围墙很高，上面散垂着许多果树的枝条。

马修步履轻盈，带着我攀上层层台阶，来到院子的正门前，结果发现门锁着。这时，院子里突然蹿出一条狗，跑到了门口。马修见状，拿出几根肉条和几个纸袋，从门栅栏间塞了进去。奇怪的是，这条狗并没有马上大快朵颐，而是叼起所有吃食一路小跑，回屋去了。而且我还注意到，狗的脖子上戴着一个宽大的金属项圈，十分特别。

马修说："医生肯定还没回来，不然院门是不会上锁的。"

我好奇地问："你刚刚给狗的那几个纸袋里装的是什么？"

"哦，是玉米、麦麸之类的粮食。"马修回答，"医生家里有很多动物，他不在家的时候，我就会来给它们送食物。那条狗很聪明，会把食物分给其他动物。"

"它脖子上戴着的那个奇怪的东西是什么？"

"啊，那个呀，是个纯金的狗项圈。"马修神神秘秘地讲，"听说，多年以前，它和医生外出远航的途中，救了一个人的性命。项圈就是那个时候人家送给它的。"

"这条狗跟随医生多久了？"

"已经好多年了。吉格现在年龄大了，不适宜出远门，所以医生这几次远航才没带它。每个星期一和星期四，我都会把食物带来，从栅栏塞进去交给吉格，再由吉格分发给别的动物。杜利特医生不在时，吉格不允许任何人走进院子，即便我跟它已经很熟悉了，它还是不让我进去。"

医生不在，我只能略感失望地告别马修，抱着松鼠回家了。我把松鼠安置在一个铺满干草的旧木箱里，精心喂养，日夜照料，就是希望它可以坚持到医生回来的那一天。之后，我每天都要跑到那座小房子前，观察门锁有没有被打开。偶尔，吉格也会跑到门口和我相见，不过却始终没有让我踏进院子的意思。

第三章　初见杜利特医生

不知不觉，时间已经来到了四月底。一个周一的下午，爸爸让我把修补好的鞋子送到镇子的另一边，一位叫“咆哮上校”的顾客家里。他是个脾气十分古怪的人。

来到上校家门前，我按下了门铃。很快，门打开了，谁知，上校从里面探出头，怒不可遏地大喊：“想要做买卖就给我去后门！明白吗？”说罢，砰的一声把门甩上了。

当时我太想把鞋子扔到他的花园里了！可若我真这么做了，爸爸肯定会发火，没办法，我只能强忍怒气绕到了后门。上校太太正等在那里。这会儿，上校还在屋里因我不懂规矩而骂骂咧咧。上校太太接过鞋子以后，悄悄地问我要不要吃个小面包，喝一杯牛奶。我礼貌地说：“好的，谢谢您！”

吃了面包，喝过牛奶，再次向上校太太表达谢意之后，我准备到医生家去看看。那只松鼠的状况十分糟糕，着实让人感到揪心。连续一个星期，我天天都去医生家，生怕错过救治松鼠的最佳时机。

此时，天空突然黑压压的，好像马上要下雨了。我来到那座房子前，发现门依旧锁着，顿时沮丧极了：“看来松鼠是等不到医生回来的那一天了！”就这样，我转身下了台阶，缓缓朝家的方向走去。

我不晓得是不是到了吃晚饭的时间，正疑惑呢，对面走来一位先生。等走近我才发现，那人竟是咆哮上校。天气一点儿也不冷，他却裹得严严实实的，仿佛一个行走的粽子！

我想上校身上应该是带着表的。我走上前，礼貌地向他询问具体时间，不料，他狠狠地瞪了我几眼，咬牙切齿地吼道：“你以为我会因为你这个小不点儿想知道时间，就不顾麻烦掏出怀表吗？别做梦了！走开！”说完，愤愤地离开了。

我站在原地，望着他模糊的背影若有所思：“我得活到什么时候，才能劳烦上校先生掏出怀表告诉我时间呢？”想着想着，天空忽然下起了瓢泼大雨。

我长这么大，从未见过如此大的雨！四周黑漆漆的，伴随着狂风呼啸、电闪雷鸣，豆大的雨点儿噼里啪啦地砸在地上，很快在路边的水沟里汇集成一条条奔涌的小河。我找不到能躲雨的地方，只好低着头狼狈地往家里飞奔。

结果没跑多远，我就猝不及防地撞到了一个人，一下子跌坐在地。抬头一看，那人跟我一样，也摔倒了。他个子有点儿矮，头上戴着一顶破旧的高帽子，手里提着一个黑色的小包。

“实在对不起，”我第一时间表达歉意，“刚才我只顾着低头赶路，没看到您。”

令人惊讶的是，小个子男人非但没生气，反而笑了起来。

“要这么说，我跟你一样也有错。”接着，男人提议，“你浑身都快湿透了吧？我也是。现在，我们是不是应该站起来讲话？你家离这里远吗？”

我告诉他：“我家在镇子的另一边。”

“现在所有的路都泥泞不堪！你先到我家去避避雨，把衣服弄干，然后再回去吧！”

说罢，他就拉住我的胳膊飞跑起来，丝毫没给我考虑的时间。路上，我边跑边想：“这小个子先生是谁，为什么我从没见过他？我和他刚刚认识，他就把我带回家避雨，可真热心！那个傲慢无礼的上校和这个陌生人之间的差距真不是一般的大！”

正当我陷入沉思的时候，他停下了脚步：“我家到了！”

我抬眼打量眼前的一切，顿时惊讶得说不出话来！我们已经来到了那座有花园围绕的小房子的台阶下。还没等我反应过来，他已经迅速跑上台阶，掏出钥匙打开了门锁。

这个看起来平平无奇的人怎么会是杜利特医生呢？然而，若面前的人不是他，又怎么能打开这扇大门？

大雨仍旧倾泻而下，没有要停的意思。吉格听到声音，冒雨跑了出来。它看到小个子先生，立马扑过去，亲昵地围着他来回打转。

我们走过花园小径，准备进屋之前，我终于问了一句：“您是杜利特医生吗？”

“是的，我是杜利特医生。”他说着，又用钥匙打开了房门，“别淋雨了，快进去吧！不必在意脚上的泥，弄脏地板也没关系。”

我走进屋子，随后医生和吉格也快步进来了，接着，门在他身后砰的一声关上了，隔绝了外面的世界。

现在是白天，可猛烈的暴风雨已经使外面的天足够黑了，屋子里简直暗得伸手不见五指。就在我不知所措的时候，四周响起了嘈杂的声音，这些声音听起来应该是各种动物的“杰作”，混在一起，聒噪又刺耳。恍惚间，似乎有什么东西滚下了楼梯，从我们身边一闪而过。我凝神辨听，发觉有鸭子、公鸡、猫头鹰、羊在叫，就连吉格也在汪汪狂吠。整个大厅好像都挤满了动物，异常吵闹，加上外面震耳欲聋的雷声，我突然感到自己就要被潮水淹没了似的，害怕极了。

好在医生及时抓住了我的胳膊，宽慰我说：“你别担心，这些小家伙都是我收养的动物。我离开家三个月了，它们见到我回来难免有些激动。你就站在这儿，我去点灯。”

我留在原地静静站着，可以感觉到动物在互相推搡，叽里呱啦地喊叫。此刻，周围的一切是那么不真实，如同一个奇怪的梦，而我偏偏醒着。这时，医生的话把我的思绪拉了回来：“我的火柴怎么全湿了！没法儿点灯！你有火柴吗？”

“不，我没有火柴。”我大声回答。

“没关系，我有办法。”医生自顾自地说，“嘎嘎可以帮我们这个忙。”没过一会儿，我就听到医生用舌头发出了一种奇怪的嗒嗒声，紧接着，不知道是什么摇摇摆摆爬上了楼梯，开始在楼上的房间走来走去。

等了好半天，屋内还是一点儿光亮也没有。有只动物一直蹲坐在我脚上，我感觉脚趾都麻了，于是再次问道：“还要多久才能好？医生。”

“别着急，就快好了！它会马上回来的。”

正说着，楼梯口出现了一道微光。动物一下全都安静下来了。

“我一直以为您是独自生活在这里呢！”我忍不住感叹。

“我的确一个人住！”医生的表情有点儿小骄傲，“喏，拿灯的是嘎嘎。”

我顺着那一丝光亮想看清拿灯人的模样，可因为楼梯阻挡并没能如愿，不过，耳朵倒是听见了一阵怪怪的脚步声，那声音就像有人单腿从台阶上一级一级地往下蹦似的。

灯光越“走”越向下，与此同时，墙上隐约出现了一个跳动着的影子。

“嘎嘎，你终于来了！”医生露出了笑容。

然而，待我看清一切时，瞬间呆立住了。因为出现在楼梯拐角处的竟然是一只母鸭！它浑身雪白，伸着脖子向下张望，姿态相当优雅。最震惊的是，它的右脚此刻正“举”着一根燃烧的蜡烛，仅凭左腿不慌不忙地下楼。烛火摇曳，整个房间忽明忽暗，我有一种错觉，我一定是在做梦！

第四章　摆摆摇

借着灯光，我看到整个房间满满当当都是动物，鹩哥、鸽子、猫头鹰、白鼠、獾……几乎每一种生活在乡间的小动物这里都有。

医生从母鸭脚上接过烛台，转过身打量我：“孩子，你最好马上把湿透的衣服脱下来。对了，可以告诉我你的名字吗？”

“我叫汤米·斯塔宾斯。”

“这么说来，你是鞋匠雅各布·斯塔宾斯的儿子喽？”

“没错。”

“你父亲的手艺没得挑！”医生说着，抬起右脚，“这双靴子就是你父亲做的，我已经穿了四年了，一直没坏。”接下来，他叮嘱我：“斯塔宾斯，你稍等我几分钟，我去多取几根蜡烛，然后我们一起上楼找些干衣服来穿。你需要尽快把你的湿衣服脱下来，放到厨房的壁炉旁烤干。”

很快，屋子被新蜡烛照得亮堂堂的，我跟着医生来到了他的卧室。我们各自换了一套干爽的衣服后，把湿答答的衣服拿到厨房的壁炉旁，准备烘烤。医生手脚麻利，没一会儿就生起了火。我也没闲着，负责从地下室往厨房抱柴火。等火烧旺了，我把湿衣服搭在了壁炉旁边的椅子上。

“接下来，就要准备晚饭了！”医生语气轻松，心情很不错，“斯塔宾斯，你要不要留下和我一起共进晚餐？”

虽然相识才没几个小时，但我对这位风趣幽默的医生已经很有好感了。他从不和别人一样叫我“小家伙”或是“汤米”，而是像对待大人一样，称呼我“斯塔宾斯”。可想而知，他邀请我共进晚餐时，我心里有多么感动和自豪，可思来想去，我还是拒绝了他的好意：“非常感谢您，先生，若我出来得太久，妈妈会担心的！”

“就算你要回家，也得等衣服干透吧？相信我，等衣服干透，我们已经把晚饭吃完了。”医生边说边往壁炉里添了一大块木头，“你刚才注意到我把包放到哪里了吗？”

“应该在大厅，我去找找。”我转身出了厨房。

走进大厅，我左瞧右看，最后在前门边找到了那个破旧的黑皮包。我把皮包交给医生，好奇地问他：“您出门就带这一个包？”

“是啊，我不喜欢带一大堆行李，那太麻烦了！”他在包里翻着什么东西。“咦？我的香肠哪儿去了？”

只见他摸了半天，先拿出一块大面包，又拿出个怪玻璃瓶观察了一会儿，才把它搁在桌子上。我瞥见瓶子里貌似游动着一只特别的小动物。

最后，医生总算找到了那串香肠：“嗯……只需要一个煎锅，我们的晚餐分分钟就能做好！”他走进储藏室取出一个煎锅，开始熟练地做起了美食。

我在一旁有点儿无聊，于是走到那个怪瓶子前，仔细观察里面的小家伙。

“医生，瓶子里是什么？”我大声问。

医生转过身告诉我：“它是一种水生有壳动物，全名叫‘*hippocampus pippitopitus*’，原住民都叫它‘摆摆摇’，我想大概是因为它游动时尾巴常常摆来摆去而得名的吧。我这次远航就是为了找它。不瞒你说，我最近正在研究水生有壳动物的语言，特别想学一学。”

“为什么？”我感觉十分好奇。

“怎么说呢，水生有壳动物是已知的世界上最古老的动物之一。人类在岩石中发现的它们的化石——壳，距今大都有数千年、数万年的历史。我想，只要我掌握了它们的语言，说不定就能知道很早以前的世界是什么样子的。”

“其他动物不能告诉你这方面的事情吗？”

“恐怕不行，”医生用铲子翻了翻煎锅里的香肠，“前段时间，我去非洲见到了一种猴子，它们的确告诉了我一些过去的情况。可它们这个物种只有一千多年的历史，太久远的事情也一无所知。所以我认为，只有从水生有壳动物那里才能得到我想要的答案，因为除了它们，其他古生物都已经灭绝了。”

“那么您现在有没有学会它们的语言？”

“我才刚刚开始。瓶子里的动物属于一种海龙，既是水生有壳动物也是鱼类。我跑到地中海，费了好大的劲儿才把它弄回来。可它看起来一点儿也不机灵，感觉大概率帮不上我的忙。”

“的确不怎么机灵。”我附和道。

“香肠出锅喽！”医生从厨房端着煎好的香肠出来，拿出盘子，分成两份。就这样，我们面对面坐在厨房的桌子前，津津有味地共进晚餐。

吃着吃着，厨房门开了，嘎嘎和吉格拖着床单和枕头走了进来。医生看我不明所以，解释道：“它们这是要把我的床单和枕头也烤一烤。嘎嘎是我的得力管家，能把一切都打理得井井有条……”

讲完这些，医生转身和嘎嘎、吉格聊了几句，无论是语言还是手势我都不懂，但嘎嘎和吉格似乎明白他的意思。

我想起了家里的松鼠，赶忙问：“您会说松鼠的语言吗？”

“当然，那比较容易掌握。怎么了？”

“我从老鹰手里救了一只松鼠，它的双腿断了。我想请您帮它医治一下。如果可以的话，我明天从家里把它带来。”

医生思索片刻，说：“要是它的腿断了，最好我今天晚上就着手给它医治，耽误太久就危险了。走吧，带我去你家看看吧。”

就这样，我迅速到卧室换上干衣服下了楼。这时，医生正拿着塞满绷带和药品的黑皮包等我呢：“现在雨已经停了，我们出发吧。”

大雨过后，乌云散去，外面的世界又亮了起来。落日的余晖洒满天边，将一大片天空染得红彤彤的。花园里不时响起鸟儿们的叫声，仿佛动听的歌。我和医生穿过小径出了门，匆匆向我家走去。

第五章　鹦鹉波利尼西亚

途中，我对医生说：“您家的房子是我见过的最有趣的房子！我明天还可以过来吗？”

他笑了笑：“只要你想，随时都能来。明天我带你好好参观一下我的花园。哦，对了，花园里还有个私人动物园，你一定喜欢！”

“什么？动物园？”我觉得太难以置信了。

“是的。那些大的动物，屋子里实在放不下，只好养在外边。动物园里面的动物虽然不太多，但都很有趣。”

“那可真了不起！不过要和动物们交流得会讲各种动物语，您认为我能学会吗？”我试探着问。

“你可以的！只要勤加练习，肯定没问题。你应该请波利尼西亚做你的启蒙老师，我的动物语就是它教的。”

“波利尼西亚是谁？”

“它是我养的一只鹦鹉，只可惜现在不和我一起生活了。”医生的表情有些难过。

“难道波利尼西亚死了？”

“不，它没有死。几年前，我带着波利远航到了非洲，那里是它的故乡。离开的时候，我不忍心让它再受思乡之苦，就把它留在那儿了。波利舍不得我，哭了好一阵呢。你知道吗？波利是我最好的伙伴，正是它促使我有了成为一名动物医生的想法。哎，不知道波利现在过得怎么样，我脑海里时常浮现出它那张严肃又可爱的脸。”

我静静地跟在医生身边，聆听他们的故事，心里也很伤感。

走着走着，吉格突然追上了我们。它汪汪直叫，好像有什么要紧事要说。医生在和吉格以特殊的语言短暂交流后，立马露出了笑脸：“天啊！波利回来了！不敢相信！我们已经五年没见了！斯塔宾斯，我现在就要去见它！请等一等，我很快回来。”

就在医生准备转身的时候，一只鹦鹉落在了他的肩上，正是波利！一见面，他们马上用我听不懂的语言热烈地聊了起来，似乎有说不完的话。医生甚至已经忘记了我和吉格的存在。最后，还是鹦鹉提醒，他才想起我们。

医生不停地向我道歉：“斯塔宾斯，不好意思。我只顾和老朋友说话了，把你都忘了！咱们快走，去看看那只松鼠！”边走边转头向鹦鹉介绍我，“波利，这是汤米·斯塔宾斯。”

“你好，斯塔宾斯！我记得你出生在冬季特别寒冷的一天，当时的样子……有点儿丑。”鹦鹉用流利的英语和我打招呼，把我惊得目瞪口呆。

“波利，斯塔宾斯很想学动物语。”杜利特医生继续说，“我刚刚还在和他说你教我动物语的事情，吉格就跑来告诉我，你回来了！真是太巧了。”

鹦鹉打量了我几眼，解释道：“其实，是医生先教会我那些英语是什么意思，之后我才有机会为他学习动物语言略尽绵薄之力，不然我可没法办到！”

接下来，我们边走边聊，一起向我家进发。吉格跑在最前面，鹦鹉站在医生的肩上，滔滔不绝地介绍它几年来在非洲的有趣见闻。只不过，为了顾及我，这次他们改用英语交流了。

“蹦波王子还好吗？”医生问鹦鹉。

“哦，我差点儿忘了！您知道他现在在哪儿吗？英国！”鹦鹉兴奋地拍着翅膀。

“他来英国做什么？”

“蹦波王子的父亲，就是那个国王，让他来一个好像叫‘牛京大学’的地方读书。”

“牛京？”杜利特医生喃喃自语，“啊！我知道了！你说的应该是牛津大学吧？”

“没错！是这个名字！他就是去了那儿。”

“真不可思议，他居然在牛津大学读书！”医生感慨不已。

鹦鹉听罢，陷入了回忆：“当初，蹦波王子要出国的事情震惊了整个王国。就连他自己也吓坏了，担心出国会遭遇不测。你知道的，原始部落的人嘛，思想有点儿落后。不过，老国王却力排众议要把儿子送来英国，因为其他非洲国王都让孩子到牛津大学来深造，他认为这是一种潮流，也是一种精神追求！蹦波王子走的时候眼泪汪汪的，王宫里的人们也哭得撕心裂肺。那个场面，一直让我难以忘怀。”

“对了，奇奇现在怎么样了？”医生问完，怕我不明白，转身解释说，“奇奇是一只猴子，我从非洲回来时把它也留在了那儿。”

鹦鹉的表情变得忧伤起来：“它一直很想念你，想念这里的一切。非洲的确很漂亮，又是我们的故乡，动物们也不错，可时间一长就感觉那里很乏味、单调。奇奇和我都特别怀念过去的日子，你和我们围坐在壁炉旁，给我们讲各种有意思的故事。我想，或许故乡什么都没变，只是我们自己变了，不再适应那里的生活了。当我决定回来找你的时候，奇奇都哭了。它在非洲的亲戚多到数不过来，可知心的老朋友只有我一个，可想而知它伤心极了。

它还对我说，觉得上天有些不公平，为什么我有翅膀可以飞回来找你，而它却没办法跟我一起。但奇奇那么聪明，说不定哪天就会想到办法，像我一样突然出现在这里。这种事谁能说得准呢？”

说话间，我们走到了我家。此刻，父亲的小店已经关门了，母亲正站在门口不停瞭望，很显然在等我。

“晚上好啊，斯塔宾斯太太。”医生礼貌地上前打招呼，“抱歉，因为我，您的儿子才这么晚回来。我们在暴风雨中不小心撞到了一起，我看他浑身都湿透了，就让他去我家避雨。别担心，他已经在我家里吃过晚饭了。”

“先生，您说哪里话，是我应该谢谢您才对！”母亲说。

“不必太客气，事实上，我们聊得相当愉快。”医生笑了。

母亲看了看医生肩上的鹦鹉，有些拘谨地问：“我该怎么称呼您？”

“我叫约翰·杜利特，您先生应该认识我，四年前，他曾给我做过鞋子。他的手艺太好了！您瞧！这鞋子到现在也没坏。”医生说着，还抬了抬脚。

“母亲，医生是特意来医治我的松鼠的。他对动物几乎无所不知。”我说。

母亲听罢，十分感激：“汤米总是从外面带回来一些奇奇怪怪的动物，谢谢您专门跑这一趟。”

“哦，是吗？说不定他将来可以成为一位了不起的博物学家呢！”医生的语气满是期许。

“您快请进！”母亲热情地邀请着，但是很紧张，“家里地方小，而且有点儿乱，希望您别介意。”

“谢谢。”医生边说边细心地在门垫上擦了擦那双靴子，然后才从容地进了屋子。

第六章　救治松鼠

屋内，父亲正坐在火炉前练习长笛。每天只要一关店，他就会吹上几曲，放松放松。

医生与父亲相谈甚欢，聊了不少关于长笛、短笛、巴松管一类的话题。父亲越说越激动，建议医生干脆也吹一段。于是，医生从父亲手里接过笛子，忘我地吹奏起来。笛声悠

扬，空灵动听。父亲和母亲完全沉醉其中，就连我这个对音乐不怎么敏感的人，也被深深震撼到了。

“难以置信！太美了！”乐声停止以后，母亲发出了由衷的赞叹。

父亲同样意犹未尽，请求说：“您真是一位了不起的音乐家！能否再吹奏一曲？”

“当然可以。”医生顿了顿，笑着提醒道，“不过，我想我应该先去看看那只受伤的松鼠。”

“医生，您跟我来，它就在我的房间里。”我起身带他来到自己的卧室。

松鼠躺在铺满干草的旧木箱里，病恹恹的没有一点儿精神。尽管连日来

我一直细心照顾它，但小家伙始终很怕我。可松鼠见到医生却十分开心，没聊两句就慢慢坐起了身子。医生小心地把它抱起来，检查双腿，它也没有表现出任何紧张或不适。

我举着蜡烛照亮，医生用随身携带的折刀削了两根小木棍，充当夹板，把松鼠的伤腿绑住了。

之后，医生松了一口气，交代说："两周之内不要让它随意走动或是到户外去。若是夜里天气凉，可以给它盖点儿干树叶保暖。刚刚它告诉我，感觉很孤独，而且还十分担心家里的妻儿。我已经和它说了，你很善良，完全值得信赖！另外，我回去会拜托花园里的松鼠去看看它的家人，然后把消息带过来。对了，休养期间，最好能让它保持心情愉快。"

安顿好松鼠，医生下楼又和父亲、母亲畅聊了好一会儿，十点以后才回家。

依稀记得，我们一家把医生送出门后没有马上睡觉，而是继续兴致盎然地谈论他的故事，一直到很晚很晚。后来，即使我进入了梦乡，还看见医生和一大群我叫不上名字的动物在吹笛、拉琴、敲鼓，那场面别提多热闹了。

第七章　解密水生有壳动物的语言

虽然头天晚上很晚才睡，可第二天一大早我就醒了。没错！我恨不得长出翅膀，马上飞到医生家里，去参观那个神秘的动物园。

长这么大，我第一次把吃早饭的事情忘得干干净净。不等父亲母亲醒来，我就蹑手蹑脚地下了楼，轻轻打开门，走到空荡荡的街上撒腿狂奔起来。

可是，当我到达医生的家门前时，才意识到自己的行为或许有些唐突，这个时间他应该还没有起床。我在门外徘徊了好一阵，还是没有忍住，于是径自推开门，悄悄走了进去。

谁知，我刚刚左转踏上树篱间的小路，一个熟悉的声音就响起了：“早上好呀！你来得可真早！”

我一惊，转身去看，原来是鹦鹉波利！此刻，它正蹲在树篱上梳理羽毛。

“早上好！”我挠挠头，不好意思地说，“医生还没起床吧？”

“他一个半小时前就起来了。房门没锁，你直接推门进去找他就行。这会儿他应该在书房里工作，或是在厨房里忙着做早餐。”

“嗯，好的，我这就去找他。”

我轻轻推开房门，一股浓郁的香气扑鼻而来，那是熏肉的味道。我走进厨房，并没有发现医生，此时，壁炉上烧着一大壶水，沸腾得滋滋直响，炉边的灶台上放着一个盘子，里面是让人垂涎三尺的熏肉和煎蛋。我怕盘子离炉火太近，东西烤焦了，把它往远处推了推，然后才到其他房间搜寻医生的身影。

最终，我在书房里找到了他。当时，我还不理解“书房”这个名称，只看到那个房间到处都是望远镜、动植物画像，以及装有鸟蛋、水生有壳动物的玻璃瓶一类的东西，非常有趣。

穿着睡袍的医生好像正站在一个装满水的玻璃箱前“洗脸”。他左手捂住耳朵，另一只耳朵浸在水里，样子着实有些滑稽。看到我出现，他站了起来。

“早啊，斯塔宾斯。我一直在听‘摆摆摇’讲话，可是却没有任何收获，真叫人失望！”医生的表情十分沮丧。

“为什么呢？难道是你发现它们不用语言交流吗？”我问。

“不，它们有自己的语言，但是语言非常贫乏，只有几个简单的词。‘是’‘不是’‘冷’‘热’，观察了这么久，我就听到了这些！本以为通过它们，我可以更多地了解水生有壳动物，没想到却是这个结果！”

我说：“这样的话，是不是意味着它们的头脑比较简单？”

医生点点头：“说得没错，或许它们所在的生活环境造就了这一切。‘摆摆摇’数量稀少，而且生活在幽暗的大洋深处，特别孤独。我猜，它们大概不怎么交流，长此以往，语言功能就退化了。”

“它太小了，说不定大一点儿的水生有壳动物说的话能多一些。”我大胆提出自己的观点。

“有道理！我始终坚信，一定有爱讲话的水生有壳动物。不过，那些大的水生有壳动物一般都生活在深海，我们用捕捞网恐怕难以网到。希望有一天，我能亲自到深海海底去看看……”

医生满怀憧憬地跟我畅谈着他的构想，下一秒，他又想起了什么：“哎呀，我怎么把早餐忘得一干二净？斯塔宾斯，你吃早餐了吗？”

“我也把吃早餐的事给忘了。”

他带着我来到厨房吃饭，同时和我继续讨论刚才的话题：“只要我能抵达海底，在那里待上一段时间，一定能有了不起的发现，我保证，那些发现必将震惊全人类。”

我犹疑着开口：“可是……之前不是有潜水员下去过吗？”

“是这样没错，就连我自己也穿着潜水服下去过。可我们只能下潜到很浅的地方，并没有到达真正的海底。我想去的是最深的海底！嗯……我会办到的。来，喝杯茶吧！”

第八章　学习做个观察者

医生正说得起劲儿，鹦鹉波利飞进了厨房。它用我听不懂的鸟语对他说了什么，谁知，医生听后立马放下刀叉急匆匆地走了。

“太过分了！”医生刚一出门，波利就喋喋不休地抱怨起来，“他昨天才回来，还没来得及休息一下，消息就在动物间传开了。这下可好，方圆几英里[①]外的病猫和长癣的兔子都来找他看病了！现在，后门有只胖兔子带着一只小兔子嚷嚷着要见医生。它说自己的孩子总是抽搐，来请医生医治。依我看，那小家伙肯定又吃了有毒的茄类植物！那些动物根本没有时间观念，随便什么时间都来打扰他！无论是在吃饭，还是在睡觉，只要它们来看病，他都会马上接待。我很纳闷儿，他怎么受得了呢？”

“动物怎么不去找别的医生？”我问。

“这附近哪有什么真正的动物医生？当然，是有些兽医，不过医术一言难尽。他们根本不明白动物说什么，如何能给动物治病？简直是笑话！请把他的熏肉放到壁炉边吧，这样等他回来的时候就还是热的。”

我依言照做，然后鼓起勇气小声地问：“你觉得我能学会动物的语言吗？”

---

① 英里，英制长度单位，1 英里 =1.6093 千米。

波利晃晃脑袋："这个嘛，不好说，得看你有没有天赋。你读书读得怎么样？"

我难为情地回答："我家太穷了，没有钱送我去上学。"

"这样啊，不过也没关系，"波利耸耸肩，"你不必太难过，不一定上学的人才聪明。我问你，你能称得上是一个优秀的观察者吗？这非常重要。举例来讲，你走在路上发现树上有两只雄性椋鸟，第二天再看到它们时能分辨出谁是谁吗？"

"我从来没这样试过，不知道能不能办到。"我诚实地回答。

波利想了想，用左脚把桌角的面包屑拨到了地上："看到了吧？你平时必须观察这样的一些细节，比如它们如何走路、呼吸，如何挥动翅膀，如何摆弄胡须，如何摇尾……所有琐碎的东西都要印在脑袋里。做一个优秀的观察者可是学习动物语言的必修课。"

"那听起来似乎有点儿难。"我说。

"别灰心，只要持之以恒就可以办到。你可以常到这儿来，我先教你一些入门的东西，之后再慢慢深入。打好基础以后，你会发现很多东西学起来得心应手。如果你真的学会了，可以帮医生做不少事，他还能轻松一些。不过，你想当他的助手，前提是你得真的对动物感兴趣，喜欢和它们交流。"

"我当然喜欢！"我欢呼道，"只是，医生会同意我做他的助手吗？"

波利回答："肯定没问题！我会亲自和他说的。到时你再学点儿疗伤治病的本领，就完全能胜任助手的工作啦！"正说着，它突然神秘兮兮地"嘘"了一声，然后说："医生回来了，来，快把熏肉端到桌子上来吧。"

第九章　畅游神秘花园

吃过早饭，医生带着我去参观他的花园。如果说小房子已经算是有趣，那么这个大花园简直可以说是神奇！就在你以为已经把它游览了一遍的时候，只要拐个弯，或者穿越篱笆、爬上几级台阶，眼前就又会出现一片全新的景象！

花园琳琅满目，应有尽有：平坦开阔的草地，随风拂动的垂柳，雕刻精美的石凳，整齐的紫杉篱笆，美丽的大理石鱼池，需四个人合抱的老橡树，存放各类书籍的凉亭，可以烹调美味的户外炉灶……最不可思议的是，有棵大榆树上建了一座小屋子，顺着长绳梯爬上去，就能在里面用望远镜观察星星和月亮。此外，花园里还有数不清的鸟儿，以及各种鼠类、蟾蜍和蜥蜴。

走着走着，一条黑蟒突然出现在我们的面前。我顿时吓得大惊失色。医生见状，赶紧安抚我说："别害怕，它没毒。这些蛇在花园里四处爬动，其实是为了捕捉害虫。偶尔，我会到花园来吹笛子，蛇都很喜欢，有时还会把尾巴盘起来，直立起身子听我演奏呢。"

听到这里，我忍不住问："为什么动物们都喜欢来这儿安家落户？"

"我想大概是因为这里比较安全，而且食物比较丰富的缘故吧。另外，它们可能觉得这儿'近水楼台先得月'，一旦自己和家人生病了，可以及时找我帮忙。"说着，医生指了指一只麻雀，"你看到那只和八哥吵架的麻雀了吗？它每年都会从伦敦千里迢迢飞过来，这儿的麻雀总笑话它，说它有浓重的伦敦口音。其实，这只鸟非常有意思，性格勇敢又冲动，平时特别喜欢跟别人争辩，可是每当败下阵来，就会乱发脾气。它住在伦敦圣保罗大教堂一带，是典型的城市鸟，我们给他起了个绰号‘老齐普赛’（齐普赛是伦敦的一条老商业街）。”

“其他鸟呢？它们都来自附近乡村？”

“大部分如此，但也有几只稀有的鸟每年从世界各地专程来看我。喏，看到在金鱼草上盘旋的小家伙了吗？那是红颈蜂鸟，它的故乡在美洲。我担心它适应不了这里的气候被冻坏了，所以每天晚上把它安置在壁炉旁边。此外，还有一只来自巴西的紫色极乐鸟，年年八月份来探望我。相比而言，它的个头儿就大多了，只是现在还没来。除此之外，还有几只热带鸟夏季会顺道来串串门。”医生顿了顿，转而讲道：“先不提它们了，走，我这就带你去动物园瞧瞧。”

第十章　私人动物园

我本以为已经走遍了花园的各个角落，没想到，杜利特医生拉着我穿过小路，弯弯绕绕，居然来到一堵高大的石墙前。他推开墙上的小门，又一座花园映入眼帘。

起初，我料想自己会看到大大小小的装着动物的笼子，结果却看到了一间间排列整齐的石屋。每间石屋都有窗子和门，就像人类的居所。听到我们的脚步声，不少门打开了，动物们纷纷跑出来，讨要吃食。

我感觉有些纳闷儿，问：“这些门怎么都不上锁？”

“其实有锁，只不过锁设置在里面而已，若是有动物不喜欢被打扰，就可以自己在里面把门锁上。你知道吗？这里的动物都是自愿留下来，而非被强迫才住在这儿的。”

“怪不得它们个个看起来快快乐乐的，干净又漂亮！”我一边感叹，一边请教道，“您能给我介绍介绍它们吗？”

“当然没问题！你看，那边背上穿着‘铠甲’，用鼻子拱砖头的是南美犰狳。站在它身边，跟它说话的是加拿大旱獭。再看这边的池塘，里面那两只搞怪的小家伙有意思吧？它们是俄罗斯水貂。喏，现在从石屋走出来的是羚羊，属于南非品种中较小的一类。我们到灌木丛的另一面去看看吧，那边还有不少动物呢。”

刚走到地方，我就好奇地指着不远处的动物问：“那两只低头吃草的动物是鹿吗？”

医生哑然失笑:“错啦，那不是鹿，更不是两只动物。它叫‘你推我拉’，是目前世界上唯一的双头动物，是我从非洲带回来的。‘你推我拉’性格温顺，两个头能交替工作和休息，所以我就把动物园守夜的工作全权交给它了。”

“这里有没有老虎和狮子？”

“斯宾塔斯，就算可以饲养它们，我也不会把它们关起来！若是有办法，我一定把全世界生活在牢笼里的老虎和狮子都解放出来！你要知道，它们讨厌这样的生活方式！它们看不到非洲的日出，无法聆听棕榈树的细语，不能在绿荫下乘凉，更无缘站在大漠中仰望满天繁星……然而，取而代之的是什么？是冰冷的铁笼，是定时扔到眼前的死肉，是一大群眼睁睁看着它们萎靡不振、耗尽生命的人类！斯塔宾斯，这些兽中之王永远都不该出现在动物园里！”

医生的神情越来越严肃，甚至有些悲伤和痛心。不过，几分钟过后，他又恢复如常，像刚才一样拉住了我的手:“我们还没去蝴蝶馆和水族馆呢，走，带你去我引以为傲的蝴蝶馆瞧瞧！”

没走多远，我们来到了几座树篱环绕、用铁丝网覆盖的屋子前。它们看起来更像是个超大的鸟笼，漂亮别致。屋内生长着五彩缤纷的花朵，美丽多姿的蝴蝶在翩翩起舞。医生指着一座屋子房顶的角落，说:“看到那些布满孔洞的箱子了吗？里面是我特意放的各种毛毛虫，它们长大以后就会变成蝴蝶、飞蛾。”

“蝴蝶也有自己的语言吗？”我问。

“应该吧，甲虫或许也有语言，只是我最近的注意力在水生有壳动物身上，没学多少昆虫语言。不过，总有一天我都要学。”

正说着，波利飞了过来：“医生，后门刚刚来了两只豚鼠，说因为主人总是胡乱喂东西给它们吃，逃了出来，想问问你能不能收留它们。”

医生没有丝毫犹豫：“你带它们到动物园去，就把左边那间靠近大门的房子给它们住吧，就是那个黑狐曾经住过的房间。你先让它们好好饱餐一顿，然后再给它们讲一讲这里的规矩。斯宾塔斯，和我一起去水族馆，你可得好好看看我的玻璃海水箱，里面养着不少水生有壳动物呢！”

第十一章　我的鹦鹉老师

从此以后，我几乎每天都要往医生家里跑，而且经常一待就是一整天。母亲见状，忍不住调侃，让我干脆住在医生家算了。

过了一段时间，我发现很多事自己做起来已经得心应手了。我给动物喂食，忙着修整篱笆，给动物建房子，尽可能地照料病患，总之，包揽了很多琐碎的零活儿。

在此期间，波利总是和我形影不离，教我学习鸟语，教我怎么识别动物的肢体语言。一开始，我感觉那难于登天。不过，好在波利对我有超乎寻常的耐心。没过多久，我渐渐能听懂一两句鸟儿的语言了，也可以弄明白狗儿在讲什么滑稽的笑话了。每天夜晚躺在床上，我都会仔细琢磨墙板后面的老鼠又说了些什么。此外，房顶的猫、广场上的鸽子，都是我细心观察的对象。

时光一晃而过，夏天就剩一个小尾巴了！很快，秋天来啦！

一天，波利在书房里给我找到了一本医生撰写的动物书。我翻着那本书，惊叹连连："天啊！医生必然是学富五车才能写出这么多故事吧？这满满一屋子的书可真吸引人，只可惜我不识字。波利，你识字吗？"

"小心点儿，千万别弄破了。"它一边提醒我，一边说，"我只会一点点……这个字母是K，那个字母是B。"

"咦？图画下面的字是什么意思？"

"我瞧瞧，它读B—A—B—O—O—N，就是'狒狒'的意思，属于一种猴类。怎么说呢，读书并没想象中那么难，只要你认识字母，其他就可以搞定了。"

这时，我想到了一个埋藏在心底很久的问题："波利，我……我有件事想问你。"

"什么事呀？你说吧。"它慢慢地梳理着羽毛，讲话的语气就像一位年迈的长辈。毕竟它已经快两百岁了，我不过才十岁。

"我……觉得自己天天在这里白吃白喝，一直在给你们添麻烦。我母亲也说这样不合规矩。可我是真的喜欢这里，现在我已经能干不少活儿了！你看能不能让医生不要请花匠和其他工人了，把那些活儿都交给我来做。我不要工钱，只要有地方住有东西吃就行。你觉得怎么样？"

"你的意思是想给医生做正式的助手？"

"没错，你不也说过嘛，我能帮他的忙。"

波利想了想，说："你确定了吗？长大后要做个博物学家？"

"是的，做博物学家是我的终极梦想。"

"既然这样，我们就去找医生说说这件事吧！他现在就在隔壁工作。"

我按照波利的吩咐轻轻推开门，走了进去。首先看到的是一条黑色的猎犬，它正静静地蹲坐在壁炉前的地毯上，聚精会神地听医生读信。

“医生这是在干什么？”我小声问波利。

“哦，这条猎犬有个梳着长辫子的女主人，名叫米妮·杜丽，就住在这个镇子的另一头。在暑假，她和家里人去海滨游玩了，把猎犬留在了家里。女孩离开后，猎犬很难过，终日茶饭不思。最近，女孩给它写了一封信，猎犬看不懂，所以就来找医生，让他用狗语读给它听。你看它那么高兴，估计是女孩马上要回来了。”

这时，医生把信读完了。猎犬欣喜若狂，不停地扯着嗓子汪汪叫，摇动尾巴，之后叼着信喜滋滋地跑了。

“我猜，它一定是去车站接女主人了！”波利在我耳边自顾自地嘟囔。

第十二章　完美主意

这时，医生不经意地抬头，注意到了我们：“斯宾塔斯，来，这边坐。你找我有什么事情吗？”

我鼓起勇气说：“医生，我长大以后想像您一样，做个博物学家。”

“哦？真的吗？”医生觉得不可思议，忖度了一会儿，问：“这是你深思熟虑后做的决定吗？这件事你父亲母亲知道吗？”

“他们还不知道。医生，我……我想做您的助手。之前，我母亲说，我总在这里白吃白喝，不合规矩。我希望能留在您家，以后，那些杂活儿尽管交给我来做。我没有别的要求，只要管住管吃就行了。如果您愿意的话，希望您帮我去说服父母，那样比较好。我已经想到了一个不错的主意。您觉得怎么样？”

就在我忐忑不安的时候，医生笑了：“斯宾塔斯，你能天天在我家，我高兴还来不及呢，一日三餐的事根本不值一提！你聪明能干，帮我解决了不少麻烦，我还想付你一些工钱呢！说吧，你的好主意是什么？”

听到这里，我心里的石头总算落了地：“您知道，我家里生活拮据，没钱让我上学，父亲母亲一直希望我有一天可以读书识字。您就对他们说，如果我留在这儿工作，您会教我读书写字。不然，怎么成为博物学家，您说是吧？”

“能读书写字，固然对我们有益。但你要明白，有些事情不是绝对的，有个人不认字，甚至连自己的名字都不会写，还是成了一名伟大的博物学家。”医生说。

“他是谁？”

“他是个印第安人，名叫长箭，是金箭的儿子。”

“这么说，您见过他？”

“不，我从没见过他。他常年生活在秘鲁的群山之中，和各种动植物打交道，辗转于各个印第安原始部落之间，行踪飘忽不定。”

“那您怎么会知道他的事？”我脑袋里都是问号。

“是那只极乐鸟告诉我的。极乐鸟离开时，我曾托它给长箭带封信，可直到现在它也没回来。已经快到深秋了，天气越来越冷，再过些日子它就来不了了。希望它在路上不要出什么事才好。”

我说出另一个疑问：“长箭博学多才，为什么动物们患病都来找您医治，不去找他？”

“或许我这里医疗设施更先进些吧。极乐鸟曾跟我讲过，长箭是植物学方面的专家，对植物了若指掌。此外，他对鸟类、蜜蜂等昆虫也颇有研究。斯宾塔斯，我们现在先不说他，你告诉我，你以后真的想当个博物学家吗？”

我坚定地点点头：“没错，我已经下定决心了。”

“你要知道，这个职业并不能帮你挣大钱，相反，大多数时候甚至需要你在各种事情上花钱，比如鸟蛋箱啊，蝴蝶网啊，等等，都需要你自掏腰包。我工作这么多年，基本没有积蓄，仅有的那点儿小钱还是靠写书挣来的。”

听罢，我站起身来，斩钉截铁地说：“我不在乎能不能挣钱，只想当个博物学家！麻烦您周四去我家，跟我的父母谈谈这件事，好吗？我已经跟他们说了，下周四请您去我家吃顿饭。另外，如果我成了您的助手，以后再出去旅行，可不可以带上我？”

“这么说，你其实是想和我一起去远航啊！”医生微笑着说。

我满是期许地注视着他：“是的，我的确有这方面的想法。旅行时，我可以帮您拿拿记事本或蝴蝶网什么的，减轻您的负担，何乐而不为呢？”

医生用指尖轻轻敲打着桌面，半天都没吭声。就在我觉得时间如此漫长的时候，他终于开口了：“好吧，斯宾塔斯，就按你说的办，我下周四去和你的父母谈谈，至于结果嘛……很快就会知道的。代我向你的家人问好，感谢他们的邀请。”

听了这番话，我飞也似的跑回了家，告诉母亲：医生答应过来吃饭了！

第十三章　奇怪的旅行家

第二天下午，闲来无事，我坐在医生家的花园墙上与管家嘎嘎聊天。经过一段时间的学习，我已经能跟动物进行基本的交流了。嘎嘎给我讲了很多医生在非洲的趣事。

聊着聊着，天渐渐暗了下来。突然，一阵奇怪的喧哗声打破了周围的平静。我站起身来，看到一群孩子正在追赶一个衣衫褴褛的女人。

“这是怎么回事？”嘎嘎惊叫道。

说话间，那女人拐了个弯向花园边这条路走来。她戴着一顶宽大的草帽，把脸完全遮住了，穿着破烂不堪的裙子，裙摆已经拖到了地上。再一细看，女人弓背弯腰，手臂似乎很长。孩子们的笑闹声越来越近，女人的样子也越来越清晰。我慢慢注意到，她的皮肤黑乎乎的、毛茸茸的，有点儿像童话故事里的女巫。

正当我疑惑不解时，身边的嘎嘎突然叫了起来："天啊！是奇奇！奇奇回来了！这群孩子竟然敢欺负奇奇，看我怎么收拾你们！"说罢，嘎嘎立马伸展翅膀从墙上飞落地面，向孩子们冲去。孩子们被嘎嘎啄得四散而逃，眨眼就没了踪影。

"女巫"见孩子们都跑了，这才拖着沉重的脚步向院门走来。它没有拉门闩，而是手脚并用抓着铁栅栏，一个翻身就爬上了门顶。原来，它就是医生和波利口中的猴子——奇奇！

奇奇板着脸，眼神戒备地盯着我，大概是怕我也做出欺负它的举动。过了一会儿，它见我没什么动静，一下跳进花园，咬牙切齿地把头上的草帽撕碎，扔了，又胡乱扯下身上的裙子、衣服，狠狠地踩踏，最后还把它们踢得到处都是。

这时，屋内忽然传出一阵尖锐的鸟叫声，波利飞了出来，它身后是医生和吉格。

"奇奇！"波利高兴得手舞足蹈，"我就说嘛，你一定会想办法回来的！快讲讲，你是怎么回来的？"

大家把奇奇围在中间，你一言我一语问了好多问题，好半天才带它回屋。

进屋之前，医生转身对我说："斯宾塔斯，我房间写字台左边的小抽屉里有一袋花生，麻烦你帮我取来，那是我特意为它留的。哦，对了，你还得去食物储藏室看看有没有香蕉，奇奇刚刚告诉我它已经两个月没吃香蕉了，有的话也一并拿来，给它解解馋。”

当我拿着东西来到厨房时，发现大家都在聚精会神地听奇奇讲述它从非洲回来的故事……

第十四章 艰难的归程

自从波利离开非洲以后，奇奇对医生以及帕杜尔拜镇的思念与日俱增。它思来想去，最后下定决心，不管用什么方法，一定要回到这里。

一天，奇奇在海边看到一艘开往英国的大船。它想伺机混上船，结果被人赶了下来。就在它犯愁的时候，发现有一家人正准备登船，其中的一个女孩让奇奇联想到了自己的表妹。奇奇灵感迸发，决定扮成女孩蒙混过关。有主意后，它来到附近的一户人家，穿走了女主人的时髦衣服，还戴走一顶草帽，佯装成旅客，顺利溜上了船。在船上，它东躲西藏，生怕被发现，只有到了夜晚才敢偷偷出去找些吃食。

漂洋过海走了很长时间，大船终于抵达英国港口。就在奇奇准备下船的时候，船员发现并捉住了它，想拿它当宠物。可奇奇不是一般的猴子，趁他们不备一下冲上岸混到人流中逃走了。然而，港口距离帕杜尔拜镇十分遥远，奇奇在路上吃尽了苦头，被顽劣的孩子们取笑、追赶，爬过电线杆、烟囱，睡过水沟、谷仓，靠浆果、榛子充饥……历尽千辛万苦，它终于看到了帕杜尔拜镇教堂的塔尖！它回来了！

讲完这些，奇奇已经接连吃了六根香蕉，又喝了一大杯牛奶：“哎！为什么我没有翅膀？不然我也能像波利那样飞回来了！我讨厌死那顶帽子和那条裙子了！一看到它们，我就想起自己的狼狈样！你们不知道，今天当帕杜尔拜镇再一次出现在我的视野里时，我都怀疑自己在做梦！”

“奇奇，洗碗间橱柜上面的那张床，我一直给你留着，”医生说，“我知道，你一定会回来的。”

奇奇随大家走到洗碗间，看了看原来的小窝，不由得眼泛泪花：“除了门后的那条新毛巾，一切还是我离开时的样子，谢谢。”

嘎嘎往前走了几步：“是啊，什么都没变。奇奇，你夜里如果冷可以和过去一样，盖上医生那件旧夹克。”

“我有点儿累，现在想休息会儿。”奇奇说着，迅速爬上床，没一会儿就盖着夹克沉沉地睡着了。

“奇奇可真棒！它能回来我太高兴了。”医生低声说道。

波利和嘎嘎也忍不住感叹：“是啊！它真了不起！”

之后，医生和我们放轻脚步，悄悄离开了。

第十五章　正式成为医生的助手

星期四到了！我们一家人早早就忙碌起来了。今晚，餐桌上都是医生平时爱吃的菜，肉排、甜菜片、煎面包、糖饼、大虾，应有尽有。等待的过程中，妈妈一直坐立不安，总是这儿瞧瞧那儿看看，生怕哪里给医生留下不好的印象。

没过多久，屋外响起了敲门声，我赶忙跑到门口把医生迎进了屋。

吃完晚饭，医生拿出他自带的长笛，和父亲兴致勃勃地表演起了二重奏。他们太过投入，以至于我都怀疑医生是不是把那件要紧事忘了。好在最终医生郑重地对父亲说出了那句话："朋友，你的儿子告诉我，他长大想做一位博物学家。"之后，两人便开始了几个小时的长谈，直到深夜才结束。

一开始，父亲母亲得知此事后并不同意，他们认为我所谓的理想不过是一时的心血来潮。在经过一系列详细的分析后，医生提出了新的想法："斯塔宾斯先生，不如这样吧，先让你儿子到我那里待两年。期间，我会尽可能地教他读书写字，教他数学。等他十二岁的时候，再让他自己来决定是否还坚持这个理想。"

父亲有些犹豫不决："医生，我知道你这样做是为了他好。可我还是认为应该让汤米学点儿谋生的手艺更符合实际。"

"汤米还这么小，现在就让他离开家我也有些舍不得。"这时，母亲红着眼圈插话道，"但亲爱的，你要知道，镇上的孩子一般到十四五岁才能进语法学校读书，两年的时间对汤米来说根本不算什么，况且就算他在这两年里只学会了读书写字，那也是很大的收获，不是吗？只不过汤米一走，这个家肯定冷冷清清的……"说着，她拿出手绢擦起了眼泪。

医生见状，安慰她："斯宾塔斯太太，你放心，我会让孩子经常回来看你们的。"

父亲思虑许久，还是妥协了。最终，他们商定，我为医生干两年的杂活儿，他教我读书写字，为我提供食宿。医生还说，等他什么时候经济宽裕一些，便会给我添置衣物，让父亲母亲不必担心。

母亲又被感动哭了，直夸我运气太好，遇到了医生这样善良的人。

当时，我根本没考虑父亲母亲的感受，暗戳戳凑到医生耳边说："您别忘了提外出旅行会带上我的事。"

"啊，对了，以后我可能不定时要外出，我想带上他，你们不会反对吧？"

沉默，还是沉默。母亲看了看我，眼泪流得更凶了。我站在医生身后，紧张得连大气都不敢喘，等待父亲给出最终答复。

过了好半天，父亲才缓缓地说："我们不反对。既然已经做了决定要把孩子交给您，那么凡事就全凭您做主了。"

我想，此刻我应该是世界上最幸福的孩子了。我高兴得又蹦又跳。波利曾跟我说过，医生在家的时间很少超过六个月，两个星期之内他准备开启新的远航计划。这就意味着，我——斯宾塔斯，将要跟他一起扬帆出海啦！我怎么能不开心？想想看，远渡重洋，周游世界，所有的一切都令我无比向往！

第二部分

第一章 “鹬鸟号”的新船员

似乎从那一天开始，我在镇上的地位便大不相同了。走到哪里我都昂首挺胸，好像不再是穷鞋匠的儿子一样。而吉格总是跟在我左右，仿佛是我的忠诚护卫。至于以前那些瞧不起我的孩子，都在偷偷地羡慕我。

医生来我家之后的第三天，他沮丧地跟我说：“斯宾塔斯，这段日子，我不但研究了蚌、蛤蜊、牡蛎、乌蛤、扇贝，就连各种螃蟹和虾都一一试过了，可还是毫无进展。看来我只能暂时放弃学习水生有壳动物的语言了。”

“那您接下来打算做什么呢？”

“这一次我在家待的时间已经够久了，我想尽快动身出去旅行。”

“什么时候出发？”

“具体的时间还没定，我得等那只极乐鸟回来，看看它有没有带来长箭的消息。它本来十天前就应该到的。”

我脑中灵光一闪，问：“医生，极乐鸟估计这几天就来了，在那之前，我们是不是要准备一条船？”

“说得没错。”医生点点头，“我们可以先去拜访那位采蚌老人乔，他对船只的事情比较在行。”

这时，吉格突然汪汪了几声：“我也要去！”

就这样，我们三个一起来到了乔的住处。

乔得知我们的来意，说他最近刚买了一条不错的船，只是，这条船需要三个人操作才能开起来。医生决定先看看船再说。

乔带着我们沿河岸缓缓前行，没走多远，就看到前方停着一条整洁漂亮的小帆船，船上写着“鹬鸟号”几个大字。乔很热心，说可以把船便宜卖给我们，问题是我们人手不够。

“奇奇肯定要和我们一起！他虽然聪明，但力气不够大。看来我们得再找一个人才行。”医生陷入了沉思。

“我倒有个不错的人选！他是个非常棒的海员，我想他肯定愿意和你们一起远行。”乔说。

医生听罢，摇了摇头：“谢谢，不用了。我付不起雇佣费，而且你知道的，海员向来喜欢按规矩办事，他们会阻止我做这做那。我再想想，我们还能带谁去呢？”

“马修·麦格怎么样？”我提议道。

“不，他不行。马修患有风湿病，远海旅行肯定会让他备受折磨、不停抱怨的。在人员挑选上，我们必须要慎重。”

“那隐士路克呢？”我又问。

“好主意！我们现在就去问问他！若是他肯跟我们同行，那就太棒了！”

第二章　路克不见了

之前我提过，我有一位隐士朋友，叫路克。路克独自住在沼泽地的一间破木屋里，平时只有一条虎斑斗牛犬与他相伴。他性情古怪，不太喜欢与人交往，几乎从不到镇上来。如果有谁从他家门前路过，那条叫鲍伯的斗牛犬也会把人赶走。

不过，有两个人倒是那间破木屋的常客：医生和我。说来也奇怪，鲍伯从不对着我和医生汪汪乱叫，好像知道我们是路克的朋友似的。

这天下午，我们迎着凛冽的寒风走了很久才抵达木屋。没等靠近，吉格就警觉地竖起了耳朵："真是奇怪！"

"怎么了？"医生问。

"往日我们来了，鲍伯嗅到气味或听到脚步声早就出来迎接了，今天怎么没动静？啊，你们听！好像有什么奇怪的声音！"

医生静静听了一会儿，推测道："应该是门发出来的吱嘎声。我们在这儿看不到路克的门，门在另一边，离得很远。"

"希望鲍伯不是病了。"吉格说着，又接连叫了好几声。可除了呼呼的风声，没听到任何回应。我们心中一紧，连忙加快脚步来到木屋前。

此时，木屋的门随意地开着，被强劲的狂风吹得来回摆动，吱嘎作响。而屋内空无一人，鲍伯不在。

"路克不在，是不是散步去了？"我说。

"路克很少出门，"医生推测道，"即便他带着鲍伯散步去了，也不会不关门的。是不是出什么事了……吉格，你在那里干什么？"

"没……没干什么。"吉格吞吞吐吐的，边说边在木屋里嗅着。

"吉格，你过来！"医生讲话的语气异常严厉，"你是不是隐瞒了什么？快告诉我！"

吉格闪烁其词："我不知道……"

"不，你的眼神告诉我你肯定知道些什么，你为什么不说？"

见吉格迟迟没有回答，医生又追问了半天，可吉格始终没开口。最后，医生无奈地说：“路克不在，站在这里吹冷风也没用，走吧，我们先回去把午饭吃了再说吧。”

我们裹紧外套，穿过寒风刺骨的沼泽地往回走。吉格跑在最前面，装出一副寻找河鼠的样子，不知它在干什么。

医生凑到我耳边，悄悄地说：“吉格肯定知道情况，但是它竟然什么都不说，这太奇怪了！”

“您的意思是，吉格知道路克的所有事情，包括那个身世之谜？”

“它知道我也不觉得奇怪，”医生回答，“当我们发现路克不在的时候，吉格的神情就怪怪的。它一直在地上左右闻嗅，必然是发现了一些我们察觉不到的线索。但它为什么不告诉我呢？不行！我得问清楚！吉格？它不是在前面吗？怎么回事？”

“是呀，刚刚它还在前面，怎么不见了？”我也觉得很诧异，连忙呼喊起来，“吉格……吉格……”

我和医生在原地喊了半天，甚至还返回木屋寻找，也没发现它。

我犹疑着说：“吉格会不会已经回家了？”

医生对此不置可否，只是拉紧衣领，大步流星地向前走去，嘴里不停地嘟囔道：“奇怪，真是太奇怪了！”

第三章　路克的秘密

我们回到家，一进门医生就问嘎嘎：“吉格回来了吗？”

嘎嘎摇摇头："我没看见它回来呀。"

"如果它回来麻烦第一时间告诉我，谢谢。"医生边挂帽子边说。

"好的，没问题。午饭已经准备好了，快洗洗手吃饭吧。"

我和医生来到厨房，正准备落座开饭，门外突然传来一阵怪异的敲门声。我跑去打开门，谁知吉格一下蹿进了屋："医生！请马上到书房来！我有非常重要的事情要告诉你！除了你和斯宾塔斯，谁都不要进来！"

我和医生急忙走进书房关上了门。可吉格似乎还不放心："把门锁上，另外再看看有没有谁在偷听。"

"放心吧，你在这儿讲话很安全。说吧，什么事？"医生催促道。

吉格刚刚跑得太快，缓了几秒钟才说："医生，隐士路克的所有事情我都知道，而且已经知道很多年了，但过去我不能告诉你。"

"为什么？"

"因为我向路克的狗——鲍伯发过誓，不会向任何人透露这些秘密。"

"那么，你现在是准备把秘密告诉我们吗？"

"是的。在沼泽地我悄悄离开你们以后，顺着鲍伯的气味走走停停，最终找到了它。我问它：'现在是否能把秘密告诉医生？'鲍伯同意了：'可以说了，因为……'"

"吉格，现在我最想知道的是，秘密是什么？究竟发生了什么事？路克在哪里？而不是你和鲍伯怎么交流的，明白吗？"医生急得直跺脚。

吉格深吸一口气，喊道："他被抓起来了，关在帕杜尔拜镇监狱！"

"你说什么？监狱？"

"是的！"

"为什么？他犯了什么罪？"

吉格跑到门口嗅了嗅，确定没人偷听，这才回到医生身边小声地说："他杀过一个人！"

"天呀！"医生被这个答案震惊了，一下瘫坐在椅子上，"什么时候的事？"

"十五年前，在墨西哥的一个金矿。为了不被发现，他刮掉胡子，逃到英国，隐居在沼泽地里，并尽量避开所有人。没想到，上个星期镇上突然来了几个警察。他们听说了路克的传言，觉得事有蹊跷。在破木屋见到路克后，警察通过他手臂上的一颗痣确认了他的凶手身份，把他关进了监狱。"

"这太匪夷所思了！路克这样一个哲学家怎么会杀人呢？"医生喃喃自语，难以接受这个事实。

"很抱歉，医生，但这是真的，"吉格停顿了一下，慢慢地说，"当时……当时鲍伯就在现场，目睹了一切。不过路克也是身不由己才那样做的。"

医生转头看向吉格："鲍伯在哪儿？"

"在监狱。医生，庭审今天下午两点进行，您能想办法帮帮路克吗？现在几点了？"

"已经一点十分了。"

吉格心急如焚，说话的语速都变快了："鲍伯说，如果警察证明路克就是真凶，那么会判他死刑或者终身监禁！您能去跟法官谈谈吗？告诉他路克一点儿也不坏，法官没准会放了他。"

"我自然要去。只是，这件事很复杂，不知道我能不能帮上忙。"医生站起身来，心事重重地推门走了出去，"在那之前，我想知道……"

我和吉格跟在他身后，也出了门。

第四章 “证人”鲍伯

嘎嘎见我们还没用午饭就要出门，急忙往我们的衣兜里塞了几张凉肉饼。

等我们抵达帕杜尔拜镇法院（监狱在隔壁）的时候，里面已经被人们挤得水泄不通了。

显然，隐士路克杀过人的消息已经传遍了帕杜尔拜镇的大街小巷。卖肉的商人、制作面包的师傅、附近的村民……想到的和想不到的人全都来了。我长这么大，还从来没见过帕杜尔拜镇像今天这样热闹过。

人群几乎要将我吞没，要不是我紧紧抓住医生的燕尾服后摆，根本没法顺利走进监狱。

监狱门口站着一个身穿蓝色制服的男人，医生走到他面前，不卑不亢地说：“我要见路克。”

男人冷冰冰地回应：“请先去监狱长那里申请，他的办公室在走廊左侧第三扇门。”

医生向监狱长说明来意，随后监狱长派了一名警察带我们去见路克。

走着走着，警察在一间牢房外停住了脚步，那正是关押路克的地方。斗牛犬鲍伯看到我们，神情悲伤地晃了晃尾巴，没说什么。这时，警察掏出一大串钥匙，打开了牢门。

我和医生走进去，四下打量，过了半天才适应里面昏暗的光线。牢房是用石头砌成的，狭小阴森，让人不寒而栗。警察麻利地锁上门，临走时告诉我们，谈话结束后可以在门上敲几下，到时他就会过来放我们出去。直到脚步声渐渐远去，我才注意到，墙边有张矮床，墙上有一个铁栅栏做的小窗。隐士路克此时正木然地坐在床上，低头注视着脚下的地面，不知在想些什么。

医生走上前，说：“我的朋友，他们对你很不好吧？”

路克看到我们，吃了一惊：“杜利特医生，您怎么来了？”

“我来探望你啊！我和斯宾塔斯去木屋找你，想让你跟我们一起去旅行，却发现你不在。没想到你竟被抓进了监狱！我过来看看能不能为你做点儿什么。”

路克绝望地摇了摇头：“谢谢您，不过已经没什么可做的了，一切都完了。”

说着，路克慢慢起身，开始在牢房里来回踱步：“其实我很高兴，因为我的噩梦终于要结束了。这么多年，我一直心惊胆战，生怕警察哪天突然找到我。现在，这件事总算有了了结，我也不必再害怕了。”

医生苦口婆心地与路克谈了半个多小时，劝他不要放弃。我站在一边，思索良久，也没想出什么能帮助路克的方法。

之后，医生说想跟鲍伯聊聊，于是我们敲了敲牢门，那位警察把我们放出去了。

医生对守在门外的斗牛犬说："鲍伯，你跟我出去一趟，我有事要问你。"

刚到法院的门廊，鲍伯就迫不及待地问："医生，他怎么样了？"

"哦，路克暂时还好，就是情绪有点儿低落。鲍伯，那个人被杀的时候，你正好在现场？"

"没错，我在现场。当时……"

"这就够了，"医生出于时间考虑，不得不打断了它的话，"庭审马上要开始了。鲍伯，一会儿你和我一起进法庭，我让你做什么你就做什么，明白了吗？还有，你要控制情绪，不管他们对路克说什么，你都不要冲动叫嚷，更不能去咬人家。你要保持绝对的冷静，认真如实地回答我提出的所有问题，懂了吗？”

“我都听您的，医生。您有把握帮路克脱罪吗？”鲍伯仿佛看到了希望。

“鲍伯，我之前没做过这种事情，不敢保证一定能让法官放了路克。但我会尽力而为的！走吧，我们该进去了，别忘了我刚刚叮嘱你的话！记住，庭审过程中，千万别发脾气咬人，不然不但救不了路克，连我们也会被逐出法庭的！”

第五章　门杜萨

法庭宽敞明亮，庄严肃穆，给人一种神圣感。一位精神矍铄的长者穿着黑袍，戴着灰色假发，端坐在高大桌子的正前方，显而易见他是法官。他下面有一排大长桌，桌后坐着戴白假发的律师团。

“看到像合唱团似的那十二个人了吗？”医生对我低声耳语，“他们就是陪审团。路克是否有罪，决定权就掌握在这些人手里。”

“医生，路克在那儿！旁边还有两个警察，”我差一点儿叫出声来，“咦？路克的对面有个讲经台，里面怎么没人？”

“那是证人席。现在我要去那边一趟，你和鲍伯在这儿看好位置，我很快就回来。注意，抓紧它的项圈，别让它乱跑。”

说完，医生消失在密密麻麻的人群中。

这时，法官举起小木槌敲了敲桌子，原本喧闹的大厅立刻安静下来。接着，一个身穿黑袍的人站起来，开始断断续续地宣读一张纸上的文字。

他口齿不清，简直像在嘟囔祷告词：“嗯……又名隐士路克……因杀害同伴……嗯……又名蓝胡子比尔……夜里……在墨西哥……根据英国女王陛下的……嗯……”

我正听得云里雾里，这时，有人从后面抓住了我的胳膊。转头一看，原来是医生，他身后还跟着一位戴白色假发的人。

医生介绍道：“斯宾塔斯，这是路克的律师珀西·詹金斯先生，他主要的工作就是帮路克脱罪。真希望他能办到！”

詹金斯礼貌地和我握了握手，随后便转身和医生讨论起了鲍伯：“您的想法真是太棒了！这条狗身为唯一的‘证人’，理应被允许出庭为路克做证！哈哈，它会让整个法庭都为之震惊的！老康基知道后会是什么样的反应呢？”

我好奇地问医生：“康基是谁？”

“嘘！”医生指了指那位严肃的大法官，“就是他，尊敬的尤斯塔斯·比彻姆·康基法官。”

“杜利特医生，麻烦再跟我说一下您的详细情况。您之前说自己毕业于杜伦大学，还取得了医学博士学位，真了不起！那么您最近新完成的一本著作是……”詹金斯的声音越来越小，到后来我什么都听不见了，于是开始东张西望。

我看到许多人轮番站上证人席，律师们反复问关于“29日夜里”的问题。其中，有位长鼻子律师好像总是故意问一些不利于路克的问题，让人们觉得路克很坏。后来医生告诉我，他是公诉人。

我的目光时不时落在路克身上。他落寞地低着头，坐在两位警察中间，仿佛周围的一切都与他无关，直到一个皮肤黝黑、眼神邪恶的矮个子男人出现在证人席，路克的神情忽然变得愤怒起来，趴在椅子下面的鲍伯也汪汪吼个不停。

这个人叫门杜萨。当年蓝胡子比尔被害，就是他第一时间报了警，把警察带到案发现场的。门杜萨的话似乎引起了鲍伯的强烈不满，它咬牙切齿地抗议："他说谎！我要咬烂他的嘴巴！"我和医生费了好大的劲儿才勉强让它平静下来。

不知什么时候，詹金斯律师已经离开了，不过很快，我在律师席上发现了他。只见他站起身来，对法官说："法官大人，请允许我邀请一位新的辩护证人出庭好吗？他是一位博物学家，约翰·杜利特。"接着，他转身看向医生："杜利特医生，麻烦你到证人席落座。"

医生听罢，穿过拥挤的人群，走向证人席。谁知，整个法庭顿时炸开了锅，议论纷纷。也不知那个长鼻子律师俯身贴耳地对身边的人说着什么，一脸坏笑，我真想冲上去打他几拳！

之后，詹金斯律师问了医生许多关于他自身的问题，并请医生大声回答，好让法庭里的人都听清楚。最后，詹金斯律师说："杜利特医生，你保证你能听懂狗的话，狗也能听懂你的话，是吗？"

"是的，我发誓。"

"我想请问一下，"法官插话道，"你们说的这些和案件有关吗？"

詹金斯律师态度庄重，向他解释："法官大人，现在法庭里有一只斗牛犬，它是蓝胡子比尔凶杀案的唯一目击证人！请您允许它出庭做证，然后让这位博物学家杜利特医生当面讯问！"

第六章　法官家的狗

人们听了詹金斯律师的话，开始窃窃私语，法庭顿时变得乱糟糟的。

长鼻子律师率先站了起来："法官大人，我反对！动物怎么能当证人？这是在践踏法庭的尊严！"

法官看都没看他，冷冷地说："法庭的尊严由我负责，你就别操心了！"

话音刚落，詹金斯律师站起来说："法官大人，您如果对我刚才所说的事情有疑问的话，可以当庭验证杜利特医生是否有与动物交流的能力。您不会反对吧？"

法官沉思片刻，眼中闪过一丝睿智明亮的光芒："我想我没有理由反对！"接着他注视着医生，问："这么说，你有绝对的把握能听懂动物讲什么啦？"

医生点点头："是的，法官大人。"

"好，如果你能向我证明你的确有这方面的能力，我就准许那条狗出庭做证，听听它的证词。若你只是在拿法庭开玩笑，我警告你，后果自负！"

没等法官说完，长鼻子律师又叫嚷道："我抗议！这简直是一大丑闻！"

法官猛地敲了一下法槌："坐下！"

"法官大人，您需要我怎么证明呢？"医生问。

"你和我的狗聊聊吧。它现在就在外面的休息室，我叫人把它带进来。"

不一会儿，一个人牵着一条贵气的俄罗斯猎犬走进了法庭。

"医生，你见过这条狗吗？"法官用颇具威严的声音说，"我得提醒你，你现在坐在证人席，之前宣过誓，你所说的一切都是要负法律责任的。”

“法官大人，我从没见过它。”

“很好。那么你问问它，我昨天晚上吃了什么？”

随后，医生便和那条狗亲切地交谈起来。时间一点儿一点儿流逝，他们聊得很投机，一直没结束谈话，仿佛已经忘了自己身处法庭。

法官有些不耐烦了，忍不住催促：“只是问问我昨天晚饭吃了什么，要那么久吗？”

医生笑笑：“不是的，它一开始就告诉我了。之后，它又跟我聊了聊您饭后做了什么。”

“我不想知道其他的！现在，请回答晚饭的问题吧。”

“它告诉我，您吃了一块羊排、两个烤土豆、一个腌核桃，喝了一杯麦芽酒。”

那位康基大法官听后惊得目瞪口呆，好半天都没缓过神来：“我是在做梦吗？”

“吃过晚饭后，您去看了一场拳击比赛，玩了会儿纸牌，直到半夜才回家，路上您还唱了歌……”

“好了，可以了！”法官打断医生的话，“我现在完全相信你的话！我宣布，犯罪嫌疑人的那条斗牛犬可以出庭做证！”

“我抗议！”长鼻子公诉人愤愤地尖叫，极力阻止。

法官面色一沉：“我说了，要听斗牛犬的证词！谁也没权利反驳！现在，立刻把它带到证人席去！”

就这样，英国的史册上，第一次有只狗坐上了法庭的证人席。我看到医生的手势，昂首挺胸地带着鲍伯穿过人群，从气急败坏的长鼻子公诉人面前经过，然后引导它坐上了证人席的椅子。鲍伯怒目而视，隔着栏杆死死盯着那群瞠目结舌的陪审员，仿佛气场强大的王。

第七章　真相水落石出

接下来，审判正式开始。詹金斯律师请医生问鲍伯，29 号那天夜里它都看见了什么。鲍伯说完以后，医生用英语进行陈述，以下就是鲍伯的回忆：

“15 年前，我和主人路克·菲茨约翰以及他的两个同伴曼纽尔·门杜萨、威廉·博格斯（蓝胡子比尔）一起生活在墨西哥金矿。当时，为了寻找金子，他们三人合伙挖了一口很深的井。1842 年 11 月 29 日早晨，他们终于在井底挖到了大量金子，都很高兴。可这时，门杜萨却突然让蓝胡子比尔陪他出去走走。我早就看出这两人一肚子坏水，于是悄悄跟了上去。他们来到一个山洞，精心密谋，竟然想要杀了我的主人，将金子据为己有！”

听到这里，法官想起了什么，问：“那个叫门杜萨的证人呢？千万别让他跑了。”

谁料，那个阴险狡诈的男人早就脚底抹油，溜走了。从那以后，帕杜尔拜镇上的人再也没见过他。

接下来，医生继续转述鲍伯的话：“我得知他们的阴谋后，赶紧跑回去提醒主人。可他不明白我的意思。没办法，我只能寸步不离地跟在他身边，以防那两个坏家伙打鬼主意。”

“他们打的那口井特别深，平时需要用一根绳子拉拽吊桶才能上上下下、运送金子。29 日晚上大概 7 点钟，主人站在井口正全力地拉着蓝胡子比尔，没想到，门杜萨从我们住的窝棚里走了出来。门杜萨以为主人拉的是满满一桶金子，掏出手枪，悄悄走过去准备袭击他。

“我不停叫喊，但主人忙着拉蓝胡子比尔，根本没理我。我心急如焚，情急之下在主人的腿上咬了一口！路克疼得要命，震惊地转头看我，结果不小心松开了绳子，吊桶里的蓝胡子比尔就这样摔死了。

“主人训斥我的时候，门杜萨趁机把手枪藏了起来。他假装毫不知情地朝井底看了看，然后故作吃惊地大喊：‘你害死了蓝胡子比尔！我得去报警！’说完跳上马去警局报信了。你们应该明白，一旦路克入狱，所有的金子都会变成他一个人的。

“我的主人深知，门杜萨肯定会在警察那里说他蓄意谋杀，害了比尔。他又惊又怕，于是带着我逃到英国，在帕杜尔拜镇的沼泽地里隐居了下来。此后的 15 年间，我们一直战战兢兢地活着，没有一天轻松过。这就是整件事的全过程，我发誓，每一句都是真的！”

医生转述完鲍伯的话后，陪审团的成员表现得都很激动。其中，有个满头银发的老人还流下了眼泪。他们十分同情路克的遭遇。

长鼻子公诉人见状，再一次跳起来使劲儿挥舞手臂：“法官大人！我反对！这条狗当然会偏袒自己的主人，它的证词理应无效！”

“你身为公诉人，怀疑证词的真实性无可非议，毕竟那是你的职责。狗就在这里，你可以好好盘问它。”法官明显有些不悦。

长鼻子公诉人看看医生、法官，又看了看怒目圆睁的鲍伯，张了张嘴，可一句话都没有说出来。他抚着额头，无力地瘫坐在椅子上，犹如泄了气的皮球。最后，两位同伴架着他离开了法庭。

第八章　胜利万岁

接着，法官对陪审团做了长篇讲话，之后，十二位陪审员离席去了另外一个房间，不知道干什么。这时，医生带着鲍伯回到了我身边。

我赶忙追问：“医生，他们怎么出去了？”

“他们要去商议一下，决定犯人是否有罪。这是审判案件的基本流程。”

“你和鲍伯怎么不跟着一起去？帮助他们做出正确决断。”

“不可以。讨论必须秘密进行……天啊！他们怎么这么快就结束了？！”

陪审团的身影一出现，马上吸引了所有人的目光。他们落座以后，其中一位小个子陪审员转身向法官走去。这一刻，时间仿佛静止了，我和医生感觉心都提到了嗓子眼儿。

“法官大人，陪审团经研究，裁定被告路克无罪！”那位陪审员说。

我看向医生：“他说的是什么意思？”结果却发现，约翰·杜利特医生此时像个小学生一样站在椅子上大喊大叫：“路克无罪！他自由了！”

“这就是说他能和我们一起去旅行了？”我激动极了。

然而，我已听不见他的回答了。人群欢呼起来，宛若在进行一场狂欢派对。大家笑啊，叫啊，喧闹声此起彼伏。当法官离开的时候，所有人都站了起来，向他致以最崇高的敬意。于是，有关隐士路克的审判落下帷幕。此后多年，这个案件一直是世人津津乐道的话题。

法官离开法庭没几分钟，一个女人忽然出现了！她走到路克面前，颤抖着伸出双臂：“亲爱的路克，我总算找到你了！”

我身边一位富态的女士悄悄地告诉大家："她是路克的妻子。瞧瞧，这对可怜人已经15年没见了！多么令人感动的画面啊！"

很快，法庭再次热闹起来。人们围着路克夫妇，不停地和他们握手，表达祝贺，共享喜悦。

"斯宾塔斯，到我这儿来。"医生拉住了我的手，"我们快点儿离开吧，不然一会儿就走不掉了。"

"您不问问路克要不要和我们一起去旅行吗？"我说。

"路克不会去的。他和妻子已经分开了15年，怎么可能再丢下她呢？别忘了，我们还没吃午饭呢。回去后，一定要吃顿大餐犒劳犒劳自己。"

谁知，我们刚走到侧门门口，就听到有人大喊："杜利特医生在哪里？要不是他，路克就没命了！杜利特医生！您说话呀！"

紧接着，一个人跑到我们面前，说："杜利特医生，大家都在找您。"

"对不起，我现在有点儿忙，先走了。"

"大家不会答应的，我们特别想让您讲几句。"那人央求道。

"实在抱歉，我家里还有一个非常重要的约会。我觉得你们应该让路克讲几句，他更有发言权。斯宾塔斯，走这边。"

等我们走到外面，发现还有一群人等在那里。"走左边那条小路！快！"医生和我撒腿就跑，足足跑了两条街才摆脱他们。

等我们回到家，再回头遥望，还能依稀听到热烈的欢呼声："隐士路克万岁！忠心的鲍伯万岁！杜利特医生万岁……"

第九章　极乐鸟来了

我们走进花园，发现波利正踮着脚四处张望，好像有重要的事情要汇报。

“医生，极乐鸟来了！”波利说。

医生高兴坏了：“总算来了！我还担心米兰达路上出什么事，它还好吗？”

“米兰达看上去挺精神的，只不过稍微有点儿乏累。你知道吗，米兰达刚进花园，就被那只调皮的麻雀老齐普赛欺负了。我赶到的时候，它正哭鼻子呢！吵着要回巴西。我们劝了半天它才留下，这会儿正在书房等您呢。至于老齐普赛已经被我们关进书柜了！”

医生闻言，皱了皱眉，向书房走去。

此时，天色已晚，书房里亮着昏黄的烛火。嘎嘎守在一个玻璃门书柜前，书柜里的麻雀老齐普赛跳来跳去，气得不轻。而我从未见过的那只漂亮的极乐鸟则趴在墨水台上，把头埋进翅膀睡着了，看样子累坏了。它胸脯上的紫色羽毛闪着光泽，红红的翅膀华丽耀眼，尤为吸引人的是，尾巴那里拖拽着长长的尾翎，简直美得不可方物。

“嘘！米兰达睡着了。”嘎嘎压低声音说，“医生，这只麻雀总是惹麻烦。依我看，还是让它走吧。您不知道，为了留下米兰达，我费了多大的劲儿！不说了，你们一定饿坏了吧？我是把茶点拿到这里来，还是你们去厨房吃？”

“我们去厨房吃，谢谢。”医生看了看老齐普赛，叹了口气，“嘎嘎，你把它放了吧。”

嘎嘎照做了。谁知，老齐普赛没有丝毫内疚，趾高气扬地走了出来。

医生见状，厉声问：“你对米兰达说了什么？”

“我没说什么难听的话啊！当时，我正在石径上找吃的，它旁若无人地就闯进来了，四处转悠，都不拿正眼看我。哼，不过是多长了几根彩色羽毛而已，有什么可神气的！”

“你到底对它说了什么，让它生气了？”医生觉得事情没那么简单。

“好吧，我只讲了句‘你不应该出现在英国的花园，那种女人服饰店才是你该去的地方！’”

医生顿时怒了：“它千里迢迢来这儿看我，结果却被你这个没礼貌的家伙羞辱！如果今天没见到我它就飞走了，我永远都不会原谅你！现在，请你出去！”

老齐普赛没说话，装出一副不在乎的模样走出了书房。嘎嘎随后关上了门。

医生走到米兰达身边，轻柔地抚摩了它几下，米兰达把脑袋从翅膀下面伸出来了。

第十章　长箭失踪了

医生首先为老齐普赛的事情向米兰达道歉：“对不起，老齐普赛是一只城市鸟，平时说话不怎么注意分寸。我已经批评过它了。”

米兰达张开翅膀，动作很优雅。不过，它眼中挂着泪珠，嘴巴还在不停地颤抖。

“如果不是太累了，我不会那么生气。”米兰达的声音犹如银铃般悦耳动听，“加上还有点儿别的事，我心情不怎么好。”

“一路走来很辛苦吧？”医生问。

米兰达轻轻地叹口气：“这是我走过的最艰难的旅程了。天气实在太恶劣了……算了，不说了。”

医生满怀期待地望着米兰达：“你把我的口信带给长箭了吗？”

“老实说，这是所有事情中最糟糕的！我压根儿就没找到他！长箭失踪了！”

“什么？这是怎么回事？”

“虽然长箭来去无影，就连印第安人也不晓得他的行踪，不过却很难躲过鸟类的眼睛。之前我想找他，都会请猫头鹰或者燕子帮忙。可这一次，我飞遍了南美洲，不知问了多少动物，始终没找到他的下落。”

听完这番话，大家都沉默了。过了一会儿，波利挠挠头问：“黑鹦鹉什么都知道，你跟它们打听过吗？”

“当然了！”米兰达陷入了回忆，“因为一直没有长箭的消息，我有些心烦意乱，结果出发的时候忘记看天气了。而且中途我也没意识到，应该在亚瑟尔群岛停一下，直奔直布罗陀海峡而去。可怕的是，我遇到了暴风雨，差点儿丢了性命！后来，我发现了一艘破旧的废船，在上面休息了一段时间，躲过了风浪，才化险为夷。不然，你们就见不到我了。”

“可怜的米兰达，你受苦了！”医生说，“我想问一下，你知不知道长箭最后出现的地方是哪里？”

“有只年幼的信天翁告诉我，曾在蛛猴岛上见过他。”

医生闻言，眼睛一亮：“蛛猴岛？巴西海岸附近的海岛？”

米兰达给出肯定的回答：“没错。我当时马上飞了过去。岛上的鸟告诉我，长箭似乎去拜访一个奇怪的印第安人部落了。据驯养在这个部落的老鹰回忆，人们最后一次见到长箭时，他正准备进山去搜寻一种稀有药材。”

“难道没人看到他从山里出来吗？”

“没有。进山找药是人们知道的关于他的最后消息。我还问过生活在海岸附近的所有海鸟，长箭是不是划着小舟离开了，它们都说不清楚。”

医生眉头紧蹙：“难道长箭出了什么事？”

“恐怕是这样的。”米兰达摆摆脑袋说。

医生神情哀伤，不住地叹息：“从以往你介绍的情况来看，他所掌握的自然科学知识比我们所有人加起来的还要多！倘若他真的遭遇不测，对人类来说简直是莫大的损失。见不到长箭，也将成为我这辈子最大的遗憾！不过，米兰达，他不一定是死了，你说是不是？”

“可他已经六个月没有消息了！无论飞禽、走兽还是游鱼，在此期间都没见过他！我还能怎么想？”米兰达的眼圈又红了。

第十一章　盲选目的地

长箭失踪的消息，让大家的情绪都很低落。医生虽然什么都没说，可从他吃饭心不在焉、总是盯着一处发呆来看，他应该非常难过。嘎嘎心思细

腻，每当这时就会故意咳嗽，或是用锅碗瓢盆制造出意外声响，把医生的注意力拉回来。

为了让医生开心，我提到了下午帮助路克脱罪的事情，称赞他如何了不起。可医生并没有太大的反应。后来，我灵机一动，开始和他商量我们远航旅行的事情。

“斯宾塔斯，本来这次远航我打算去拜访长箭，让他帮我学习水生有壳动物的语言，潜到海底去看看，探寻一些研究方法。现在一切都泡汤了！我该选哪里当我们的目的地呢？”医生很难过。

说完，他好像又陷入了自己的世界：“虽然我和长箭没有见过面，但我感觉我们已经认识好多年了。他不曾上过学，可是却一直用自己的方式探索大自然的奥秘，那也正是我所追求的与自然对话的方式。现在长箭失踪了，我们被隔离在世界的两端，而同时认识我们两个的却只有一只鸟。”

回到书房以后，吉格给医生拿来了他的烟斗和拖鞋。随着屋内飘起朵朵烟雾，医生这才恢复点儿精气神。

我小心翼翼地说：“医生，不去见长箭，我们可以到别的地方走走啊！”

“斯宾塔斯，别担心，我不会停止工作和学习的，只是现在还没想好去哪儿。”

当我正盘算选一个理想的目的地时，医生突然从躺椅上坐了起来：“我想到该怎么办了！小时候，我经常玩一个‘点哪儿去哪儿’的游戏。若是不确定去什么地方，我就会取出地图册，闭起眼睛，拿着一根铅笔在上面随便一点，点到哪里就去哪里。游戏开始之前，需要发誓，无论你点到哪儿，都得履行承诺去那里。现在，我们来玩这个游戏，怎么样？”

“太棒了！”我兴奋得又蹦又跳，“要是点到中国、婆罗洲（今加里曼丹岛）或者巴格达就完美了！”说着，我立刻爬上书柜，从最顶层抽出那本大地图册放在医生的面前。

医生拿出铅笔，仔细地削着笔尖。这时，我脑袋里冒出了一个想法：“医生，万一我们点到北极怎么办？”

“这个游戏有一条规则，就是你可以不用去以前去过的地方。北极我已经去过了，所以我们有机会再点一次。”医生解释。

我被惊得目瞪口呆：“您去过北极？那里不是没有人类涉足过吗？我听说，地图上的地方但凡有人去过，都会标记上最先抵达的那个人的名字。为什么地图上没有您的名字？”

医生弯弯嘴角：“我答应过保守秘密。你也要保证，无论如何都不把这个秘密告诉别人。1809年4

月，我到达了北极。没多久，生活在那里的北极熊找到了我。它们告诉我，北极冰层下蕴含着丰富的煤炭资源。若是人们去北极开采煤炭，它们的家园必然会遭到破坏。所以，我答应为它们保密。我知道，迟早有一天，那里有煤炭的事还是会被其他人发现的，可至少在那之前，北极熊能生活得无忧无虑。北极气候条件太恶劣了，不适合人类生存，要想发现这个秘密估计还要很久。好了！把书打开，我们开始吧！你闭上眼睛，拿着铅笔在空中绕三圈，等书页翻动时，快速点到一处停下就行。”

“开始！闭上眼睛！”随着一声令下，我们都闭上了眼睛。书页开始翻动，我的心紧张得怦怦直跳。

我猜想着现在翻到哪页了？是欧洲还是亚洲？“好，就是现在！”我暗说一句，手起笔落，笔尖在书上停住了：“啊！这里！”

第十二章　命运的指引

我们同时睁开眼睛往前凑，结果脑袋不小心撞到了一起。我捂着额头去看，发现笔尖点在南大洋的一个小岛上。岛屿的名字小得看不清，医生不得不取来了他的高度眼镜细细辨认。

“蛛——猴——岛！”医生一字一句地念道，说完还吹了个短促的口哨，“怎么会这么巧？你竟然点中了长箭失踪之前最后出现的地方！”

“医生，我们就要去那里，是吗？”

医生点点头：“没错！根据游戏规则我们必须那样做。”

“只要不是布里斯托或者牛庄路，我就开心。这地方与英国隔着一大片海洋，我们是不是要走很久啊？”我问。

“不一定。如果顺风，船够好，四个星期左右就能到达。世界上有那么多地方，你偏偏点中了蛛猴岛，想想就觉得奇妙！去那里也不错，至少我们能捉到一些贾比兹里虫。”

“贾比兹里虫？”

“那是一种甲虫，数量非常稀少，全世界只有三个地方有少量分布，蛛猴岛是其中之一。它们的习性非常特别，我想研究研究。”

我指了指地图，说：“蛛猴岛名字后面怎么有个小问号？”

“这表示它的位置并不准确，只是大概在那一带。或许我们会成为第一批登岛的外国人！”

我高兴得拍手叫好：“我敢打赌这是一次了不起的旅行！医生，这座小岛上会有原住民吗？”

“米兰达告诉我，那里生活着印第安人部落。”

我们聊得太投入了，忘了控制音量，把米兰达给吵醒了。

“米兰达，我们准备去蛛猴岛了！你知道它在哪里，对吧？”医生兴冲冲地问。

米兰达懒洋洋地说：“上次我去时，它所在的位置我是知道的，至于它现在还在不在那里，我就不清楚了。”

“你的意思是，它不总在一个地方？”

“您不知道吗？蛛猴岛是一个浮岛，到处漂来漂去。不过，它的‘活动范围’仅限于南美洲南部的某些地方。我想我还是能找到它的。”

听到这里，我再也抑制不住激动的心情，跳了起来。我要把这个消息分享给别人！我哼着歌打算去找奇奇，谁知走到门口，一下撞到了端着盘子的嘎嘎。

“你这孩子疯了吗？”跌坐在地的嘎嘎大叫，“你要去哪儿？”

我爬起来，边跑边喊：“去蛛猴岛！浮岛？！万万岁！”

“你应该去疯人院才对！瞧瞧！你把我的瓷器弄成什么样了！”嘎嘎的声音一直没停。

我太开心了，完全听不到它在说什么，继续一路唱着跑着去厨房找奇奇。

第三部分

第一章　新船员的加入

此后几天，我们一直在为出海远航做着各项准备工作。

乔把“鹬鸟号”开到了码头，如此一来，我们装东西就方便多了。整整三天，我们忙上忙下，把这艘新船塞得满满当当。

“鹬鸟号”很大，有三个小房舱和一个大厅。它们下面一层是统舱，里面十分宽敞，装着食物、备用船帆以及其他各类零散的东西。

应该是乔把我们即将远航的消息透露了出去，因为每天都有不少人来围观我们搬运行李。当然，马修·麦格也很快得知了这件事，跑来看望我们。

那天，我们正往船上扛送面粉，马修一见到我就问：“小汤米，这次旅行你们准备去哪里？”

我得意地告诉他：“蛛猴岛。”

“医生就带你一个人去？”

“他说过还要带一个人，只不过现在还没确定人选。”

马修注视着“鹬鸟号”漂亮的桅杆，嘴里嘟囔着：“要不是有严重的风湿病，我也想和你们一起！你手里拿着的一罐罐的是什么？”

“糖蜜！足足二十磅[①]呢！”我回答。

“天啊，看到它我更想去了！不过，这该死的风湿病……”马修一边嘀咕，一边落寞地回到了围观的人群当中。

① 磅，英制质量单位，1 磅 =0.4536 千克。

没过一会儿，一个身形魁梧、胳膊上纹满刺青的红胡子男人来到我的身边：“小家伙，这艘船的头儿在什么地方？”

“头儿？”我十分不解。

他指指“鹬鸟号”：“额……就是这艘船的……的船长。”

“哦，您是说杜利特医生啊，他现在不在。”

正说着，医生抱着扑蝶网、笔记本、玻璃盒子以及其他一些东西走了过来。

红胡子男人见状，快步朝他走去：“早上好，船长。我叫本·伯特，是名出色的海员，听说您需要人手？”

“很高兴认识您，不过，我恐怕雇不起海员，抱歉了。”医生说。

红胡子男人劝道：“您难道就准备带这个小家伙远航吗？如果碰到恶劣的天气，这个小不点儿能帮您做什么呢？”

医生表示自己可以应付各种状况，可红胡子男人还是不死心。他不仅拿出海员证书，展示自己的业务水平，还告诫我们，许多海上事故就是因为人员不足造成的，让我们带上他一起走。

在医生再三客气地拒绝他后，红胡子男人一脸失望地走了。临走之前，他断言，我们别想活着回来。

那天上午，像红胡子男人一样来拜访的人络绎不绝，医生忙得不得了。后来，当医生去船舱放东西时，一个穿着奇特的黑人小伙儿又突然出现在我的面前。

“请问，这是杜利特医生的船吗？”他礼貌地鞠了个躬。

“是的，您有事找他？”

“我现在想见他，麻烦你告诉他一声。”

“没问题，您方便说一下名字吗？”

“你就说乔利金基王国的蹦波王子前来拜见，他知道的。”

医生得知这个消息，激动坏了：“蹦波来了？！他不是在牛津大学读书吗，现在居然跑这么远来看我！”说完，噔噔噔地爬上舷梯迎接老朋友去了。

两人一见面，又是拥抱又是握手，喜悦之情溢于言

表。过了好半天，蹦波王子说：“听到你要远航，我特地来看看你！”

“因为缺少人手，我们才耽搁了一下，不然我们三天前就走了，你差一点儿就见不到我了。”

蹦波王子问：“还缺几个人？”

“就缺一个，可想找到合适的人实在太难了。”

蹦波王子狡黠地眨眨眼：“您看我怎么样？”

医生惊叫起来：“真的吗？那太棒了！不过，你的学业怎么办？”

“就算不跟您走，我也准备出去度假三个月！离开乔利金基之前，父王曾对我说，一定要多出去旅行，增长见识。医生学识渊博，与您同行，我能学到不少东西，何乐而不为呢？我不想错过这个难得的机会。”蹦波王子诚恳地说。

医生听罢，沉思了一会儿，开口道：“你说得对，出去旅行和在大学课

堂学习都能获取知识。如果你真的想去，我自然非常欢迎你加入。不得不说，你正是我们需要的人！”

第二章　告别帕杜尔拜镇

两天后，一切准备妥当，我们决定动身启航。

按照计划，波利和奇奇跟我们一起去，吉格和嘎嘎则留在家里照看其他动物。奈何吉格苦苦哀求申请随行，医生没办法，只好答应了。

很多事情就是这样，只有到了最后我们才会想起忘记了什么。等我们关上门走下台阶时，大家或提或背，又拿了不少东西。

等我们走到码头时，那里已经挤满了送行的人。我的父亲母亲站在跳板附近，神情满是不舍。我有点儿忐忑，很怕他们号啕大哭，事实上他们只是叮嘱我万事小心，说了些祝我好运的话。而我们的老朋友马修·麦格始终没有出现。

我们登了船，拉起锚，解开缆绳，“鹬鸟号”终于缓缓地动了起来。谁知，没走多远，它就碰上了几只小船，之后又在一个拐弯的地方搁浅了一阵儿。岸上的人们十分紧张，担心我们的远航计划就此夭折，不过医生却没有一丝慌张。

他拔出因推船而陷进淤泥的靴子，淡定地说：“日常航行，这种小意外不可避免。大海上就没有这么多阻碍，航行也容易得多。”

“鹬鸟号”慢慢驶过入海口的灯塔，远离陆地，进入了汪洋大海。看到眼前只剩下蔚蓝的天空和无垠的海面，我心中涌起一股奇妙的情绪：从现在开始，这艘船将是我们一切生活的载体！虽然与浩瀚的海洋相比，它很渺小，却那么安全、舒适，让人信赖。

此刻，医生在掌舵，驾驶着“鹬鸟号”乘风破浪；蹦波在底舱为我们准备晚餐；奇奇忙着整理缆绳；我负责把甲板上的东西固定好，以防天气突变时它们到处“乱窜”；吉格站在高处，机警地观察周围的情况；波利则需要照看垂在海水里的那支浴用温度计，观察海水温度，以确定附近是否有冰山。我们每个成员都有自己的工作，缺一不可。

天越来越暗，波利渐渐看不清温度计上的数字了，在一旁唠唠叨叨。缕缕海风袭来，我突然意识到，海上的航行生活已经开始了！很快，夜幕降临，我即将在大海上度过我的第一个夜晚！

第三章　偷渡者

吃晚饭之前，蹦波从底舱匆匆走上来，告诉医生：“我刚刚发现了一名偷渡者，就藏在面粉堆后面。”

“真是件麻烦事！斯宾塔斯，你和他下去把那个人带上来吧，我走不开。”医生说。

蹦波和我找到那个人时，他浑身上下都沾满了面粉，完全看不清面貌。等我们把他身上的面粉扫掉，才发现那人竟是马修·麦格！

医生看到马修，吃了一惊：“你怎么在这里？”

“医生，我实在抵抗不了远航的诱惑！”马修可怜兮兮地解释，“之前，我一直请您带我一起航行，可您总是不答应。这次，我知道您缺位船员，就偷偷躲进底舱，想着只要到了大海上，您就不会赶我走了。为此，我在面粉堆后面躲了几个小时。谁知，风湿病犯了！就在我准备换个姿势的时候，那位非洲厨师发现了我……看来潮湿的空气的确对我的风湿病没什么好处！”

“马修，你有病在身，根本没法适应这种生活。一会儿我会把船停靠在前面的布占斯港口，你到那儿就上岸吧。”医生一边说着，一边看向蹦波：“蹦波，你到我的铺位去看看，我的睡袍口袋里有几张地图，你把最小的有蓝铅笔标记的那张拿来。布占斯港应该就在左面，不过改变航向靠岸之前，我们得弄明白灯塔的位置。”

“好的，船长。”蹦波转身走了，

医生叮嘱马修：“听着，马修，从布占斯港口下船后，你可以坐马车前往布里士托，那里离帕杜尔拜镇不远，你应该知道怎么回家。回去后，记得每周四到我家去给动物们送吃食，尤其别忘了额外给刚出生的水貂添些青鱼。”

在这个过程中，我和奇奇把挂在左舷、右舷和桅杆上的几盏灯都点亮了。没一会儿，楼梯传来脚步声，但令我们大为震惊的是，上来的居然有三个人。

医生忍不住惊叫道：“他们又是谁？”

蹦波见怪不怪地回答：“船长，这一男一女也是偷渡者，我在您的床铺下发现了他们。这是您要的地图。”

医生无奈地拍了拍额头：“哎……蹦波，你划一根火柴吧，光线太暗了，我看不清他们的脸。”

然而，谁都没想到，这两个人居然是路克夫妇！路克太太病恹恹的，好像晕船了。

路克夫妇解释说，庭审结束以后，他们回到了沼泽地的破木屋。但每天都有很多人因为那件案子登门拜访，弄得他们不得安宁。他们想找个没人认识自己的地方开始新生活，可是没钱，不得已才出此下策。

医生见路克妻子晕船晕得厉害，便叫我拿来药品箱，给她服了药，又让她闻了闻嗅盐。医生思来想去，决定给路克夫妇一些钱，让他们跟马修一起在布占斯港下船。他还写了一封信，让路克带给他在布占斯的朋友，托朋友给路克找份工作。

随后，医生从钱包里拿出几枚金币交给路克。这时，站在我肩上的波利忍不住小声地嘀咕:“又来了！他也不想想，这三英镑十便士是我们这次远航全部的经费！万一路上遇到突发状况我们可怎么办？哎！只能祈祷那些食物能够坚持到最后了！他怎么不把船也送给他们呢？然后我们走回家算了！”

医生参照地图，动作娴熟地调整了航向。大约深夜十一点，我们终于到达了布占斯港。医生用小划艇亲自送三位偷渡者上岸，还把他们安顿在一家小旅馆。

忙完这一切，时间已经来到了后半夜。大家一致决定，留在港口过夜，第二天一早再出发。

我的床铺在医生床铺的上面。我轻轻地爬上去，拉过毯子盖住身体，然后不经意地一瞥，这才发现胳膊一侧有个舷窗。舷窗外是布占斯港的万家灯火，“鹬鸟号”随风摇曳，映衬在海波里的灯火也随之晃动，我打了个哈欠，慢慢进入了甜美的梦乡……

第四章　问题不断

天不知不觉间亮了，起床后，我们美美地享用着蹦波准备的腰花和熏肉。

用餐间隙，医生对我说："斯宾塔斯，我在犹豫一件事，我们是直接航行到巴西呢，还是中途在波浪岬停一停。米兰达告诉我，接下来四个多星期都是难得的好天气。"

"既然天气不错，就直接去巴西呗！极乐鸟应该会在那里等我们吧？若是我们迟迟不到，它会担心的。"

"你说得有道理。不过，波浪岬是最佳的停靠站，我们可以去那里补充给养，顺便给船做做检修。"

"从这去波浪岬要多久？"

"六天左右。嗯……不管怎样，未来两天我们走的都是同一个方向，这件事可以之后再决定。大家都吃完了吗？吃完了我们就启程吧！"

大概七点半，我们起锚，顺着清凉的海风驶向浩瀚的大海。没走多远，我们碰到了夜捕归来的布占斯海捕船队。它们整整齐齐地并肩而行，犹如在水中前进的列兵！

接下来的三四天，航行一切顺利。我们分成三组轮流值岗，每组每天有八个小时的休息时间，需要工作十六个小时。在那之前，医生已经帮助我们学会了如何掌舵以及如何应付各种突发状况。

波利经验老到，"业务"水平一流，懂得许多航行知识。大部分时间它都是醒着的，只在偶尔的时候才单腿站在舵边小憩一下。有波利在，谁也不可能在床上多睡一分钟，因为它无时无刻不在关注着大钟，时间一到，便会飞到船舱把你啄醒。

尽管蹦波对航行一窍不通，可我很快就喜欢上了这个新朋友。他比我大很多，又在高等学府就读，却从来没有因此而瞧不起我。他平时总是一副乐呵呵的模样，让人心情愉悦。不得不说，医生太有识人的眼光了！

第五天一早，蹦波对医生说："船长，我们的咸牛肉快吃没了。"

"怎么可能？我们足足带了一百二十磅呢！"医生对此感到很奇怪。

"我也不知道怎么回事。每次我到储藏室去拿东西，都发现咸牛肉又少了一大块。难道是老鼠吃的？那老鼠也太大了吧！"

在牵索上晨练的波利闻言，愤愤地说："再这么下去，用不了一个星期，我们就得饿肚子了！这件事必须得严查！汤米，走，我们去船舱里抓小偷！"

我们走下舷梯，刚一靠近储藏室，就听到一阵奇怪的呼噜声。波利气坏了："听动静还是个大块头儿！他在木桶后面，你们俩去把他拖出来！"

我和蹦波提着灯，悄悄爬到木桶边一瞧，一个吃得饱饱的大胡子男人正在那儿呼呼大睡。我们直接把他叫醒了。

男人睁开惺忪的睡眼，问："有什么事吗？"

你一定想不到，他就是那个自称出色海员的本·伯特！

波利一看到他，简直要气疯了："没有羞耻心的家伙！他是这世上我最不想看到的人！"

蹦波提出了一个想法："趁他还没完全醒，我们把他打晕从舷窗扔进海里吧？"

"不行！那样莽撞行事会惹麻烦的，"波利叹了口气，说，"再说舷窗哪

有那么大？我们还是带他去见医生吧。”

本·伯特见到医生，摘下帽子向他致意。可想而知，医生有多震惊。

本·伯特理直气壮地解释：“船长，我知道您会需要我的，所以偷偷上了船。我实在不忍心看到你们因没有专业的海员而枉死。您瞧，这船帆都松了，没准哪会儿就会被大风刮走。”

“不！在帕杜尔拜镇我就和你说过，我不需要你！你没有权利私自上船！”医生竭力控制着自己的怒气。

本·伯特还想继续辩解：“相信我，船长，您不懂航海！您看看指南针，现在船已经偏离了航道！没有我这个专业人士在，船迟早会毁掉的！”

医生的态度异常坚决：“以前我也损失过几艘船，可这并不妨碍我抵达目的地。总之，我不欢迎你！我会把船开到最近的港口，请你下去！”

“你应该觉得庆幸，没有因为偷偷上船又吃掉很多咸牛肉而被我们关起来！”波利愤愤地插话。

之后，我听见波利小声地对蹦波说：“怎么办呢？储藏室都快空了，我们已经没钱去买咸牛肉了！”

“嗯……从经济学的角度来讲，我们应该把这位船员腌成咸肉吃掉。他看起来至少有一百二十磅！”蹦波回应。

波利闻言，厉声斥责他：“别说傻话了！”过了一会儿，它又开始自言自语：“这个主意也不错，反正没人看到他上船……可我们的盐不够！还有，他的肉吃起来肯定都是难闻的烟草味！”

第五章　波利的计划

接下来，医生把舵交给了我，准备参照地图计算航向。本·伯特刚一转身，医生就对我说："我们到底还是要去波浪岬，真让人烦心！可我宁愿游回帕杜尔拜镇，也不愿在去巴西的路上一直听他胡说八道！"

医生没有说错，这位本·伯特的确很讨人厌。按照常理，经历了刚才的事情后，别人肯定就闭嘴了。可本·伯特不停地在甲板上走来走去，指手画脚。最后，医生看不下去了，让他到船舱里去。没想到，他断然拒绝，声称自己不想被一群旱鸭子给淹死！

大家对此感到十分忧心，生怕这个大块头儿做出什么出格的事情来。

我和蹦波躲到船舱的餐厅商量计策，没一会儿，波利、吉格和奇奇也来了。

"我敢断定他就是个走私犯，根本不是海员……"波利气鼓鼓地说。

"你真的认为，船上没有一个真正的海员，我们也能顺利穿越大西洋？"我问。

波利看出了我的担忧，不以为然地说："孩子，你记住，跟杜利特医生一起航行，总能抵达目的地！别听本·伯特胡言乱语！医生的运气一直很好，即便途中遇到麻烦，最后也能逢凶化吉。还记得我们穿越麦哲伦海峡时，遇到了强风……"

吉格出声打断了它："我们该拿这个本·伯特怎么办呢？波利，你有什么好想法？"

“我怕那个家伙趁医生不注意，伤害他，然后自己当‘鹬鸟号’的船长。坏蛋都喜欢这么干！”

吉格点点头：“没错！我也感觉那家伙不是个好人！我们必须尽快行动！”

“你们听我安排，”波利说，“现在，蹦波摆好餐具，我们几个藏起来。十二点一到，蹦波就喊大家吃饭。到时，那个本·伯特肯定会下来吃咸牛肉。蹦波你躲在门外，他一走进来，你立刻把门锁上。明白了吗？”

蹦波笑了：“这条计策真不错！我马上准备！”

“好，你出去时把那瓶辣酱也带走。”波利继续排兵布阵，“那家伙已经吃得够多了，短时间内肯定饿不死！等到了波浪岬，他饿得没劲儿了，就得听我们摆布了。”

商量完毕，我们抓紧在过道里找地方藏了起来。蹦波走到舷梯旁，开始摇铃呼喊：“吃饭喽！”接着一个闪身躲到了门后。我们屏气凝神，等着好戏上演。

没一会儿，本·伯特来了。他走进餐厅，大摇大摆地坐在医生的位子上，将餐巾塞到肥肥的下巴下面，等人上饭。

这时，只听“砰”的一声，蹦波迅速把门关上，落了锁。

波利走出来，乐呵呵地说：“就让他自己待着吧！正好可以教教餐具什么是航海术。不自量力的家伙，竟敢在我这个‘老船员’面前自诩厉害！我们去把这件事告诉医生吧。接下来的几天，我们在客舱里吃饭好了。”

波利哼着一首欢快的挪威水手歌，飞上我的肩头。之后，我们几个一起走上了甲板。

第六章　热情的店主

我们在波浪岬停留了三天才离开。

为什么要在这里耽搁那么久？原因有两个：一是我们重新盘点了库存，发现除了咸牛肉，其他食物也被本·伯特吃得所剩无几。更惨的是，我们没有钱去买新的口粮。二是斗牛。波浪岬隶属于西班牙，每个星期天都有斗牛表演。我们星期五抵达，摆脱本·伯特以后，我们就到这个叫“蒙特尔德”的小镇逛了逛。

因为囊中羞涩，我们自然没法住旅馆。不过，第二天傍晚，路过一家卖床的店铺时，我们发现店门口摆着几张床，店主正一边逗弄笼子里的鹦鹉，一边吹着口哨。医生主动上前用西班牙语和他搭话，两人聊了不少鸟类的话题，气氛非常融洽。之后，店主主动邀请我们共进晚餐。

晚饭很丰盛，大部分是用橄榄油做的，很香。我最喜欢吃的是炸香蕉。后来，大家继续坐在店门外，一直聊到了深夜。等我们起身准备告辞的时候，店主担心我们会迷路，坚持要我们在他那里留宿。我们不忍心拒绝，只好答应了。

可是店主并没有多余的卧室，最后医生、我和蹦波干脆就睡在门口那几张待售的床上。空气很闷热，我们没盖被子，惬意地躺在床上观察往来的行人和街景。夜已经很深了，周围的商铺依旧开着，人们喝着咖啡，愉快地讨论着什么，好像不用睡觉似的。远处不时传来轻柔的吉他声、清脆的碰杯声以及叽叽喳喳的交谈声，它们交织在一起，犹如一首喧闹的摇篮曲。

此情此景让我想起了远在帕杜尔拜镇的父母。我每天都在体验不同的乐趣，就连休息的地方都这么别出心裁。可他们却从未享受过精彩的旅行生活，这多少让我有点儿难过。话说回来，如果真的让他们睡在街边，他们也会拒绝的吧？

第七章　医生的赌约

第二天清早，有支游行队伍从店前路过，把我们吵醒了。走在前面的是一群穿着鲜艳衣服的男人，他们后面则跟着一大帮欢呼雀跃的女人和孩子。

我向医生请教："他们是什么人？"

"哦，他们是斗牛士，明天这里有斗牛表演。"

"斗牛是什么？"

谁知，医生听到这个问题，脸色突然变了："斗牛是世界上最愚蠢、最野蛮、最令人厌恶的事情。我实在是不明白，热情可爱的西班牙人怎么会喜欢这种残忍的表演！"

接下来，医生向我解释了"斗牛"的规则：先是把一头公牛激怒，放进竞技场。然后斗牛士挥动身上的红斗篷，不停逗弄它。等公牛愤怒至极时，斗牛士离开，再把一些可怜的老马赶进去。结果可想而知，老马轻则被公牛撞倒，重则当场毙命。等到公牛筋疲力尽时，斗牛士再一剑刺死它。

"每个周末，西班牙的各大城市都会有六头公牛和一些马无辜被杀。"医生愤愤地说。

我问:“有没有人曾经被公牛杀死?”

“有，不过极少。只要脚步灵活，懂得躲避，即使公牛再生气也不能拿他怎么样。那些身手敏捷的斗牛士，深受西班牙女人的推崇。很多时候，一个知名的斗牛士往往比国王还有名气!”

说话间，店主走了出来，和大家一起观看游行。没一会儿，店主的朋友唐·恩利克·塔格纳斯也加入了我们。

听说我们来自英国，恩利克先生开始彬彬有礼地用英语和我们交谈。

“您明天会去看斗牛表演吗?”他问医生。

医生斩钉截铁地回答:“不去，我不喜欢这种残忍无情的表演。”

恩利克闻言，气坏了。他愤怒地告诉医生，斗牛是世界上最高贵的运动，斗牛士都是了不起的勇士，他指责医生在胡言乱语。

“胡言乱语的人是你!”医生大声斥责他，“你所谓的勇士从不给牛与他们正面交锋的机会，而是趁牛体力耗尽时才敢去杀它们。”

店主眼见情况不妙，把医生拉到一边说，恩利克在当地非常富有，是个大人物，波浪岬所有斗牛场的黑色良种公牛都是由他的农场提供的，叫医生千万别得罪他。

医生听罢，眼睛一亮，似乎在打什么歪主意。他走到恩利克的面前，说:“抱歉，先生，刚才我一时失言伤害了您。请问，明天的表演谁是最好的斗牛士?”

“马拉加的巴贝多，他是西班牙最勇敢的斗牛士之一。”

医生笑了:“很好。我这里有个建议，我从来没有斗过牛，如果明天我和巴贝多先生或者您指定的任何勇士比拼斗牛技艺，我险胜的话，您能答应为我做件事吗?”

恩利克一听，忍不住哈哈大笑：“你疯了吗？一位合格的斗牛士是要经过严格训练的！你一上场，肯定会被顶死！”

“我自愿冒险！难道您是害怕接受我的条件？”

“害怕？怎么可能！”恩利克冷笑一声，大叫道，“只要你能战胜巴贝多勇士，你说什么我都答应！”

医生趁机提出了自己的条件：“我知道您是个有影响力的大人物。如果我赢了，我要您从明天开始停止这里的一切斗牛活动，您能办得到吗？”

“当然可以！”恩利克先生傲慢地回应。

“那好，我们就做出约定：若我取胜，只要您活着一天，波浪岬就不会有斗牛表演！”

恩利克伸出了他的手：“成交！不过我要提醒一句，你必死无疑！既然你把高贵的斗牛运动说得一文不值，这也是你应得的下场。明天清晨我们还在这里碰面，到时看看你有没有别的要求。再见！”说罢，转身走进了店铺。

这时，波利凑到了我耳边：“你把蹦波叫上，我们去别的地方，我有话说。”

我们趁医生系鞋带的间隙，走到街对面，佯装去观察珠宝店的橱窗。

波利悄悄告诉我们：“听我说，伙计们，为了弄些钱买点儿吃的，我简直想破了脑袋！现在终于有了……”

蹦波眼睛一亮：“有钱了？”

“不，是弄钱的方法。明天的斗牛医生肯定会赢！现在，我们要想办法再和西班牙人打个巨赌。”

“什么意思？”我不明白。

一旁的蹦波打了个响指：“我懂了！待会儿我就到恩利克那里说，我愿意以一百英镑赌医生赢。倘若医生赢了，恩利克就要付我一百英镑，反之，我付他一百英镑。”

“这里用的钱是比塞塔，就定两千五百比塞塔好了。蹦波，你现在就去找恩利克吧，记得要表现得财大气粗一点儿！”波利说。

我们快步走进店铺，此时，医生还在忙着系鞋带。

“恩利克先生，我是乔利金基王国的蹦波王子。您有没有兴趣和我就明天的斗牛比赛打个赌？”蹦波开门见山。

恩利克自信满满：“我愿意奉陪。我必须提醒您，您一定会输的！说吧，赌多少？”

“只不过是为了消遣而已，不必太过在意，三千比塞塔怎么样？”

“我同意，明天比赛结束后见。”

于是，我们告别恩利克，走出店铺去找医生。

第八章　盛大的斗牛比赛

第二天，蒙特尔德小镇彩旗飞舞，处处洋溢着节日的气氛。人们身着盛装，纷纷涌进斗牛场。

医生与恩利克打赌的事已经在当地传开了。岛民们无比雀跃，都想看看这个敢于向马拉加勇士发起挑战的人最后会输得有多惨！

医生从恩利克那里借来了一套斗牛士服装。虽然我和蹦波费了好大的劲儿才帮他把那件马甲系好，上面的扣子最后也崩得所剩无几，可他穿上以后，还是让人眼前一亮。到达斗牛场后，我们在围栏里看到了六头大黑公牛。它们个个膘肥体壮，让人望而生畏。

时间紧迫，医生言简意赅地说了几个字、打了几个手势，公牛们便明白了他的意思。当它们听到医生有可能废除斗牛表演时，果断答应会按医生吩咐的去做。带我们去看牛的人，瞧见医生在那儿哞哞叫，还以为他疯了呢！

离开围栏场地，医生走进了斗牛士的更衣室，我和蹦波则带着波利在斗牛场的看台上找位置坐下了。此时，看台上座无虚席，人山人海，男女老少都来了！

没一会儿，恩利克开始致开幕词，并宣布第一个节目：英国医生约翰·杜利特与马拉加的巴贝多比试高下。他还向大家详细描述了赌约内容，结果没等说完，现场就爆发出一阵哄笑，显然，没有人觉得医生能赢。

马拉加的巴贝多率先进场，看台上掌声雷动，人们又是飞吻，又是挥帽，别提多兴奋了！

很快，围栏那侧的大门被打开，几头公牛气势汹汹地直冲挥动着红斗篷的巴贝多而去。只见他灵巧地一跳，轻松闪开了。场内顿时欢呼不断。

同样的把戏还在上演，我却注意到了一个细节。每当巴贝多陷入危险的境地，他的助手就会在一边使劲儿挥动另一件红斗篷，吸引公牛的注意。只要巴贝多没有滑倒摔跤，就完全不用担心公牛会伤到他。

十几分钟以后，穿着蓝色丝绒服和紧绷绷马甲的医生上场了。人们看到他那胖墩墩的模样，笑得前仰后合。

医生不慌不忙，先后向观众、公牛以及对手巴贝多鞠躬，犹如在参加一场轻松的晚宴。没想到，一头公牛突然从他背后冲了过来！

“快闪开！”“闪开！”人们纷纷惊叫起来。

谁料，医生鞠完躬以后，双臂交叉站在原地一动不动，只是皱起眉紧紧盯着那头狂奔的公牛。

离奇的事情发生了！公牛居然害怕得停了下来。医生朝它摆摆手指，公牛开始瑟瑟发抖，最后竟夹起尾巴跑开了。

除了我们几个，在场的观众见状无不倒吸一口凉气。很快，医生开始去追公牛。他们一前一后跑了好多圈，即使累得大汗淋漓也没停下来。人们开始嘁嘁喳喳，谈论这不可思议的一幕。当跑到第十圈的时候，观众眼中的英国斗牛士——约翰·杜利特竟一把抓住了那头公牛的尾巴！

接下来，医生牵着公牛来到斗牛场中央，开始指挥它做各种杂耍动作：

后腿直立、前腿倒立、打滚、蹦跳……通通不在话下。最后，他还跳上牛背，抓住牛角不停翻转，表演特技。

观众们已经忘记了巴贝多及其助手的存在。两人面色铁青，站在离我们不远的地方，不知道在嘀咕什么。

此时，医生转身看向恩利克，鞠了一躬："这头牛吓坏了，请把它牵下场吧。"

恩利克问："您是否需要一头新牛？"

"不，我要五头新牛，它们可以一起上！"

医生的话立刻引起了轰动，人们都惊呆了！在他们看来，这无异于自寻死路。

巴贝多十分不满，大声抗议，说医生此举违反斗牛规则。

波利见状，轻笑道："就像航海一样，医生才不管什么规则不规则的，他总能取得最后的胜利。只要恩利克允许，我敢保证，医生会让他们看到这辈子都没看过的精彩表演！"

斗牛场里已经炸开了锅，有的支持医生，有的支持巴贝多，争论不休。医生又向恩利克鞠了一躬，然后状似不经意地说："如果这位斗牛士先生害怕了……"

巴贝多一听，火冒三丈："我是西班牙最勇敢的斗牛士，不知道什么是害怕！看到我的右手了吗？它曾杀死过九百五十七头公牛！"

"巴贝多说他不害怕！请把牛放进来，我们看看他能不能把这五头也干掉！"医生大声喊道。

围栏再次打开，斗牛场陷入死一般的沉寂。紧接着，五头凶猛的公牛咆哮着冲进了场内。

“要更凶些！对！一起对着那个穿紫衣服的巴贝多冲！不过别顶死他，把他赶出去就行了！”医生用牛语指挥它们。

只见公牛们先是一字排开，降低重心，随后便像一队骑兵一样向巴贝多冲去。

一开始，这位勇敢的西班牙斗牛士还佯装镇定，可眼看公牛越逼越近，他撑不住了，急忙跳出护栏，落荒而逃。之后，公牛们又在医生的指示下，把巴贝多的助手也赶跑了。最后，整个场地就剩下医生和那五头狂躁的公牛了。

接下来的情景可以用精彩绝伦来形容！五头公牛时而绕着场地暴走，时而顶撞护栏，然后，它们纷纷像偶然间注意到医生似的，怒吼几声向他飞奔而去，仿佛要把他挑上天。

这场面太可怕了！虽然我知道一切都是事先安排好的，可还是吓得连大气都不敢喘。好在每每公牛们的犄角接近医生马甲的时候，他都能灵活躲开，毫发无损。

很快，五头公牛将医生团团围住，又是用犄角顶他，又是对他狂吼，攻势相当猛烈。有一阵子，晃动的牛头、甩动的牛尾以及狠狠踩踏的牛蹄充斥着人们的视野，大家连医生的影子都看不到！

突然，观众席中有一位女士站出来，向恩利克大喊：“请停止斗牛吧！他是世界上最勇敢的斗牛士！不能让他丧命！”

就在这时，医生已经脱离了公牛的包围圈。他眼疾手快，抓住它们的犄角，一个一个全都撂倒在地。公牛们的演技相当不错，纷纷喘着粗气，似乎再也起不来了。

最后，医生转身对着观众席的女士们深鞠一躬，掏出怀里的雪茄，点着，闲庭信步地下了场。

第九章　逃离波浪岬

医生刚离开斗牛场，场内就出现了刺耳的喧哗声。一部分支持巴贝多的男人情绪非常激动，愤怒地叫嚷着。女士们倒是很兴奋，一遍遍高喊，让医生出来和她们见见面。

没办法，医生只好再次登场向大家致意。女士们仿佛着了魔一般，又是对他飞吻，又是向他抛各种名贵饰品，场面一发不可收拾。不过，医生没做过多停留，在漫天“珠宝雨”中快步离开了。

波利说：“蹦波，现在你到场内把那些珠宝捡回来，一个戒指也别落下！完事以后，记得向恩利克讨要那三千比塞塔。过一会儿我们再去珠宝店把那些首饰卖掉，这样就能攒下不少钱了！对了，一个字也别告诉医生！”

走出斗牛场，人们依旧兴致勃勃地讨论着刚才的表演。蹦波很快就回来了，浑身上下的口袋都塞满了首饰珠宝。我们穿过拥挤的人群，来到更衣室，医生正等在那里。

波利见状，马上飞了过去：“干得漂亮！医生！但我得提醒您，您赢了，就意味着恩利克要取消斗牛。这些家伙超爱这项运动，尤其是那些斗牛士，肯定会气得发疯，万一心怀不轨，我们就惨了。我们还是赶紧离开这里吧！”

医生点点头：“你说得对。这样，我们分开走，我先溜回船上，你们也抓紧时间赶回去。”

医生前脚刚走，蹦波后脚就到恩利克那里要来了那三千比塞塔。我们行动迅速，立刻去买了一大堆粮食和生活必需品，还雇了一辆马车。

然而没想到，医生赢得比赛的消息以闪电般的速度传遍了全城。我们刚走出货品店，就看到一群男人拿着棍棒在四处寻人："英国佬儿，出来！我们要把你们吊到灯柱上，扔到海里喂鱼！滚出来！"

蹦波意识到情况危急，立马揪住那个赶车的西班牙人，威胁他飞速把车赶到码头。

抵达码头时，奇奇已经划着小艇在那里等我们了。大家不敢耽搁，急匆匆地往上装粮食和货品，结果刚装到一半，那群人就追来了。蹦波反应快，从地上抓起一根木棒乱抡一通，把他们吓住了。我和奇奇趁乱把剩下的东西扔上小艇，手忙脚乱地爬了上去。蹦波见状大喝一声，把木棍扔到那群人中间，也闪身跳进小艇。接着，我们拼命向"鹬鸟号"划去。

岸上的人气坏了，不停咒骂，向我们扔石头和各种乱七八糟的东西。很不幸，蹦波的脑袋被瓶子砸出了一个小包。

划艇靠近"鹬鸟号"时，医生已经做好了出发的一切准备。眼看那群人登船想要继续追击，我们也顾不得运东西了，干脆把划艇用缆绳拴在"鹬鸟号"后面，自己跳上了船。

眨眼之间，"鹬鸟号"已经顺着风驶向大海，朝巴西海岸进发。

确定安全了，大家才扑通一声坐在甲板上，松了一口气。波利感叹道："这次的经历太刺激了！不由得让我想起以前跟走私犯们一起航海的种种。快看看我们有多少收获吧：一堆食物和用品，好几口袋的珠宝首饰，还有两千多比塞塔！啧啧！不错不错！"

第四部分

第一章　菲吉鱼说话了

极乐鸟米兰达预料得没错，三个星期以来，海上一直风平浪静，都是难得的好天气。

有天下午，“鹬鸟号”周围不知怎的出现了大片“枯草”。医生告诉我们，那是马尾藻。它们密密麻麻的，把海面盖得严严实实。乍一看，还以为“鹬鸟号”在草地上滑行呢！

马尾藻上藏着不少小螃蟹，医生看到后，不禁又想起了那个学习水生有壳动物的梦想。于是，他捞了几只螃蟹，准备放到玻璃水箱里研究一番。没想到，螃蟹里竟混进来一条圆滚滚的菲吉鱼。

医生跃跃欲试，先听了一阵儿螃蟹的动静，结果一无所获。之后，他又把那条菲吉鱼放了进去。这时，我要去甲板上帮忙，走开了。可很快，医生开始大喊大叫，唤我到下面去。

“斯宾塔斯！”他激动得语无伦次，“我好像是在做梦……感觉难以置信……我……”

“怎么了？”

医生伸出颤抖的手指了指玻璃水箱，此刻，那条菲吉鱼优哉游哉游得正欢。他悄悄告诉我：“菲吉鱼……会说英语……刚刚它在哼一首英文歌！”

“怎么可能？”

“不会有错的！除非我耳朵失灵了！虽然只是几个字，而且含混不清，但我确信那些是英语词汇！我也很清楚那是一首英文歌！你来试试看，记得要把听到的东西一字不落地告诉我。”

我走到玻璃水箱边，站到垫脚用的空箱子上，弯腰把耳朵伸进水中。医生在一旁拿着笔和本子，已经做好了记录的准备。

起初，除了医生那紧张的呼吸声，我什么都没听到。可过了一会儿，一个微弱的类似孩童歌声的声音传进了我的耳朵！

“啊！”我惊讶得叫出了声。

医生连忙追问：“它说什么了？”

“不大好说，这或许是一种奇特的鱼类语言……啊，我听到了，是英语！它说，‘禁止吸烟’……‘稀有物种’……‘这里有爆米花和明信片’……‘请勿随地吐痰’。这都是什么跟什么呀！等等！它现在在唱歌呢！”

“唱的什么歌？”

“《约翰·皮尔》。”

“没错，那正是我听到的歌曲。”医生一边飞快地记录，一边嘟囔着，“这太不可思议了！真想知道它是从哪里……”

“它又开始说英语了！”我兴奋地大叫，“‘这大水箱需要清洁’……嗯，就这些，其余的是鱼语，我听不懂。”

医生眉头紧锁：“大水箱？它是从什么地方学会的呢？”

突然，他从椅子上跳了起来：“我知道了！这条鱼是从水族馆里逃出来的！想想看，‘爆米花和明信片’水族馆都有卖，那里的工作人员经常会说‘禁止吸烟’‘请勿随地吐痰’，至于‘稀有物种’肯定是游客们常常感叹的话。全都对上号了！那么，现在有可能……不！是我一定能通过它建立起与水生有壳动物的联系！”

第二章　菲吉鱼的遭遇

从那天起，医生常常通宵达旦地搞研究，顾不上休息。很显然，他已经沉浸在学习水生有壳动物语言的乐趣中无法自拔了。

一日午夜，我坐在椅子上睡着了。大约凌晨两点的时候，原本掌舵的蹦波也睡了过去。于是，接下来的五个多小时，“鹬鸟号”一直在自由航行。这个过程中，医生为了弄清菲吉鱼的语言，始终在玻璃水箱旁边忙来忙去。等到太阳挂上天空，我醒了，发现医生浑身湿淋淋的，神情疲惫极了。不过，他脸上却洋溢着满足的笑容。

察觉我醒了，医生急忙说："斯宾塔斯，我成功了！菲吉鱼的语言与任何动物的语言都不同，它有点儿类似古锡伯语。虽然此种语言不是水生有壳动物的语言，但至少我已经朝着这方面迈进了一大步。菲吉鱼答应会把它的故事讲给我听，我会用英语复述出来。你现在拿着笔和记事本，准备帮我记录。"说罢，再次弯腰探进水箱，边听边讲，我就在一旁专心地记录。以下就是菲吉鱼所讲的关于它的故事：

"我出生在临近智利海岸的那片海域，家里共有两千五百一十个成员。父母离开我们以后，家族遭到了一群鲸的围追堵截，变得七零八散。我和妹妹克莉帕九死一生，才侥幸活下来。结果没等我们喘口气，又碰到了许多同类。它们一边急游一边大喊：'快跑啊！狗鱼来了！'

"狗鱼最喜欢吃的东西就是菲吉鱼，它们速度极快，特别难缠。我和克莉帕当时害怕极了！马上跳起来逃命。我们拼命地游啊游啊，一连游了几百里，可狗鱼依旧穷追不舍。后来，我们躲进美国西海岸的一个港口，才摆脱掉它。

"话说那天特别倒霉！没过多久，我们又因为美味的橘子皮被一张网给罩住了！尽管我们死死挣扎，最后还是被扔到了甲板上。

"和我们一起被扔上来的还有几条小鳕鱼，不过，两个戴眼镜留胡子的老人把它们放走了。他们把我们装进罐子，带到一座大楼里，然后倒进了一个玻璃水箱。那座房子建在海边，里面不知怎么引进来一些流动的海水，能穿过玻璃水箱，所以我们可以自由呼吸。

"接下来的日子沉闷又无聊。虽然两个老人对我们很照顾，经常关心我们是否吃得好，水温和光线是否适宜，可那种生活实在枯燥透了！每天，房间的大门在固定时间打开，会有一批接一批的观众，透过玻璃观察我们和其他水箱里的鱼类。这些观众总喜欢张着嘴，露出一副惊讶的表情，看起来傻乎乎的。我太讨厌他们了！常常鼓大嘴巴回敬他们，可他们似乎觉得这样更有趣。

“一天，妹妹说：‘哥哥，这些把我们捕来的动物也会讲话吗？’

“我告诉她：‘当然！你瞧，他们的嘴一张一合的，有时整张脸都在动，手也在动。只要他们靠近水箱，就能听到声音。’

“这时，一个大个子女人紧贴着水箱告诉她身后的孩子：‘快瞧，这里有古怪的鱼！’

“此后的很长一段时间里，人们每当看到我们都这么说，以至于我以为他们只会说这一句话。时间长了，我们就把这句话记下来了，不过却不明白什么意思。但是我们弄懂了一些其他句子的含义，学会了一点点人类的语言。当管理员看到有人往地上吐东西或者抽烟时，就会指着墙上的牌子大声告诫他们，于是我们知道牌子上的字是‘不要随地吐痰’和‘禁止吸烟’。

“每天傍晚，一个拖着木头假腿的老人都会一边清扫地上的花生壳，一边哼唱同一首曲子。我们很喜欢那首曲子，也学会了。我们想，哼唱或许也是他们语言的一部分。

“就这样，我们在那里待了整整一年！本以为等人类看够了，我们就能重返大海，恢复自由。可一个月又一个月过去了，我们始终被困在那个玻璃水箱里，没有任何变化。我们心情越来越沉重，连话都不想说了。

“一天，有个女人因气温过高热晕过去了。周围的人见状，一边往她身上泼冷水，一边把她抬到外面凉快的地方，感觉慌乱极了。我注视着这一切，脑袋里突然有了一个大胆的想法。

“当时，妹妹克莉帕正因躲避一群孩子的目光而藏在石头后面。我问她：‘如果我们装病，他们会不会把我们从这个讨厌的地方弄出去？’

“她无精打采地说：‘可能吧。不过，没准我们会被扔到垃圾堆上，让太阳活活晒死！’

“‘海港这么近，他们为什么要在外面找垃圾堆？来的时候，我就看到有人把垃圾直接倒进了大海。如果他们也那么做，我们就可以回到大海了。’我说。

“‘大海？’克莉帕念着这两个字，眼神中透露出无尽的悲伤，‘哥哥，我们还能回到那里吗？每当夜晚来临，蜷缩在这狭小的‘监牢’里，我的耳边就会响起大海的声音！我渴望回到那儿，在大西洋的波涛中蹦跳，在信风吹起的浪花上大笑，在蓝绿色的漩涡里起舞！夏日黄昏，我们追逐小鱼小虾。静谧午后，我们浮在水面上，享受日光浴。平时无事就到印度洋的海藻森林漫步，或者在珊瑚城堡里捉迷藏，去海葵花园野餐，在海绵床上翻跟头！再或者到沉船里探险。冬夜，我们远离寒冷的水面，潜到发光鳗鱼出现的地方，去找亲朋好友讨论趣事……啊！’

“讲到这儿，它一下哽咽了。

“我赶紧打断它：‘你别说了！我们装病试一试好吗？即便真的被扔到垃圾堆上被晒死，也比待在臭水箱里强！’

“它告诉我，它愿意。

“于是第二天清晨，管理员便在水箱里发现了两条身体僵硬的菲吉鱼。很快，那两位戴着眼镜的老人赶到了。他们把我们捞出水面，小心翼翼地放在一块湿布上。最难受的时刻来了！鱼一旦离开水，即便活不了多久，还是会扇动嘴巴呼吸空气。可为了装得像根硬邦邦的棍子，我们不得不一动不动，依靠闭着的嘴唇偷偷换气。

“接下来，两位老人轮番上阵，一会儿戳，一会儿拍打，简直要把我们折腾死了。就在他们转过身和别人说话时，一只可恶的猫又出现了，我们差点儿成了它的口中餐。好在最后猫被老人赶走了。要不是趁老人不注意，偷偷吸了两口气，我们俩早就憋死了。我想告诉克莉帕，再坚持坚持，但这不是在水里，它根本什么都听不到。

“就在我们准备放弃装死的时候，一位老人把我们带出了大楼。他想把我们扔进垃圾桶，结果垃圾桶恰好被别人收走了。他琢磨把我们扔在地上，似乎又怕弄脏院子，于是来到了外面的大街上。我以为我们会葬身臭水沟，没想到一个身穿蓝色制服、手拿短棒的人制止了他，很明显，把死鱼扔在大街上是违反规定的。

“令我们欣喜的是，老人嘀嘀咕咕地缓缓向码头走去。他来到海边，难过地看了我们最后一眼，就把我们扔进了海里。

“当海水没过身体的那一刻，我和克莉帕活了过来。老人发现后简直惊呆了，脚下一滑跌进了海里，差一点儿砸到我们。之后，我们看见他被一位水手用船钩救上了岸，不过很快又被那个穿蓝色制服的人揪着衣领带走了。没错，把死鱼扔进海里也违反规定。

“我们哪有心思在意他会不会有麻烦！我们高兴得上蹿下跳，来回冲刺，以最快的速度回到了大海深处！

“这就是我们的故事，我全都告诉你了。那么，也请你遵守昨天晚上的承诺，只要我回答完你所有的问题，就还我自由。”

医生：“人类已知的海洋最深处是太平洋关岛附近的内罗海渊，有没有比它更深的地方？”

菲吉鱼："当然有，亚马孙河入海口的一个地方就比它深，我们叫它'深洞'。另外，南极海域也有一个。"

医生："你会讲水生有壳动物的语言吗？"

菲吉鱼："不会！我们鱼类怎么会和它们扯上关系？它们是低级生物！"

医生："我一直想到深海去研究一些东西。但你应该知道，陆地动物在水下没法呼吸。你有办法帮帮我吗？"

菲吉鱼："想解决这个问题，最好的办法就是抓住玻璃海螺。"

医生："它是谁？"

菲吉鱼："玻璃海螺是生活在海里的一种巨螺，样子有点儿像蜗牛。它不惧怕任何海洋生物，能去海里的任何地方。它的外壳又厚又硬，是透明的珍珠贝，而且这壳超级大，可以装下两匹马和一辆马车。"

医生："太棒了！只要它允许，我和我的助手坐在里面就可以去深海海底了！你能找到它吗？"

菲吉鱼："那太难了！它通常待在'深洞'洞底，很少露面。'深洞'里面水流湍急，还都是泥浆，一般的鱼类都不敢进去！"

医生："真遗憾！海里这种螺多不多？"

菲吉鱼："就剩这最后一只了。自从它第二任妻子去世后，它就是最后一只巨型水生有壳动物了。说起来，它应该有七万多岁了，早在鲸类生活在陆地时的远古时代就出现了。"

医生："它得知道多少久远的事情啊！我太想见见它了！"

菲吉鱼："你还有别的问题吗？这水箱里的水太热了，我想尽快回到海里去。"

医生："抱歉，我还想问最后一件事。1492 年，哥伦布在横渡大西洋的

时候，把两本日记分别封存在木桶里，扔进了大海。现在还有一本没被发现，你知道它在哪里吗？”

菲吉鱼：“嗯……它也在‘深洞’里。当时那个木桶被海浪一路带到了一个叫‘奥里诺科斜坡’的地方，然后就滚进了‘深洞’。你知道的，那儿我可去不了。”

医生：“暂时就这么多问题，谢谢。走之前，你还有什么要求吗？比如吃点儿东西什么的。”

菲吉鱼：“不了，我不愿再耽搁了，只想马上回到海里。”

医生：“我要再次感谢你，耐心地提供这么多有价值的信息。”

菲吉鱼：“别客气，能为博学谦逊的约翰·杜利特医生效劳，是我的荣幸。你还不知道吧？你在我们这些高等鱼类中已经家喻户晓了。再见！”

随后，医生抱着玻璃水箱来到舷窗前，把菲吉鱼连同那些水都倒进了大海。

我把铅笔放到桌上，靠着椅背长长地舒了一口气。医生更累，以至于刚把水箱整理好，就坐在椅子上打起了呼噜。

这时，波利在外面急得直抓门。我赶紧把它放进来。

“这就是你们所谓的航海？”波利气冲冲地说，“蹦波趴在船舵上打盹儿，医生在这儿呼呼大睡，而你拿着铅笔在随意涂鸦，你们是打算让船自己跑到巴西去吗？现在，船像个空瓶一样在海上打转呢！你们都是怎么回事啊？”

它的声音又尖又高，即便这样也没把医生吵醒。

我将铅笔和记事本轻轻放进抽屉，之后就去了甲板，开始负责掌舵航行。

第三章　遭遇强风暴

我转动舵轮，把“鹬鸟号”调整到正确的航线上。没多久，奇怪的事情发生了：船的航速莫名下降了，之前一直“协助”我们航行的顺风不见了。

起初我没在意，觉得没准什么时候它又会回到我们身边。可十天过去了，“顺风”还是不见踪影。“鹬鸟号”始终像个步履蹒跚的老人，缓慢地移动着。医生对此很是担心，常常坐立不安。

一天下午，我看医生望着雾气弥漫的海面叹气，便劝他：“现在船上食物充足，航行时间多几天也没大碍吧？极乐鸟肯定能猜到我们是被什么事给耽误了，不要紧的。”

“话是这样没错。但我不愿让米兰达等太久。每年这时，它都会为了健康飞到秘鲁的群山里生活一阵，要是耽搁了就不好了。再说，它预言的好天气会很快过去的，现在我们距离目的地还远着呢！啊！风来了！虽然小了点儿……不过会越来越大的！”

阵阵东北风刮过，船上的缆索开始“哼”起小曲，船帆也渐渐鼓起来了。大家见状，总算松了口气。

“只要再航行一百五十英里，就可以看到巴西海岸了。”医生信心满满地说，“若这风一直跟着我们，差不多一天，我们就能抵达终点。”

始料未及的是，风向很快变了。它不时转换方位，好像没决定好往哪边吹似的。为了保持正确的航线，我不得不随时频繁调整舵轮。

这时，波利突然惊叫道：“啊！你们看到东面那道低低的黑线了吗？那是可怕的暴风雨！它一来，我们的船帆瞬间会被扯碎的！医生，还是你去掌舵吧，毕竟你的手臂更加强壮些。我马上去叫醒蹦波和奇奇！我们最好马上把所有的船帆都降下来。”

随着那条黑线越来越粗，离我们越来越近，海面开始响起震耳欲聋的轰隆声，原本湛蓝的海水变成了丑陋的灰色，天空乌云滚滚，恍若一群恶毒的女巫。

暴风雨终于还是来了！它狠狠地袭击了“鹬鸟号”。为了活命，我们只好紧紧趴在甲板上。

然而，一切发生得太快！伴随着滔天巨浪和刺耳的怒号声，“鹬鸟号”遭遇了海难。我们甚至不知道具体发生了什么！

我只记得，当时我们准备把船帆全卷起来，结果狂风一下子就把它们吹进了大海。就连奇奇也差一点儿被卷走。恍惚间，波利似乎在叫我，让我去下面把舷窗关上。

桅杆上没了帆，“鹬鸟号”只能听从狂风的号令，飞也似的往南冲。周围的巨浪宛若魔鬼，一次次攻击我们，把我们往海里拽。几番摧残之下，“鹬鸟号”彻底毁了，已经有一半身子沉进了海里。

我想看看医生怎么样了，于是手脚并用攀着栏杆，艰难地向舵轮所在的位置爬去。然而，一个巨浪袭来，手里的栏杆突然断了，我像个木塞一样重重摔在甲板上，随后脑袋又猛地撞上门框，失去了意识。

第四章 “鹬鸟号”损毁

等我醒来，脑袋昏昏沉沉的，很不舒服。此时，大海异常平静，天空湛蓝如洗，我还以为自己躺在“鹬鸟号”的甲板上，可准备起身时才发现怎么都动不了，原来是胳膊被绑在什么东西上了。我扭头一看，瞧见了那根短短的桅杆。那一刻，我恍然意识到身下只是一块破破烂烂的船板！我慌了，开始四处张望，周围没有船只，没有陆地，除了一望无际的大海什么都没有！

缓了好一会儿，我才回忆起昏迷之前发生的事情：海上出现了风暴；船帆全被卷走；巨浪扑来，我撞上门框……那么，医生他们怎么样了？我为什么会被绑在船板上？

我把手伸进口袋，摸出小刀，割断了绑绳。我想起老朋友乔曾讲过的一个故事：一位船长为了救自己的孩子，将他绑在桅杆上以防被狂风卷进大海。毫无疑问，医生做了同样的事。可医生在哪里呢？

这时，一个可怕的念头进入我的脑海：四周连船的残片都没有，他们肯定淹死了！

几分钟过后，我看到远处有一只黑色的鸟儿掠过海面。它越飞越近，原来是只海燕。我想向它打听些消息，奈何自己还没学会鸟语，甚至连吸引它的注意都办不到！海燕围着我的“救生筏”转了几圈，随后便离开了。茫茫海天之间又剩下我一个人了。

我饥渴难耐，脑袋里开始冒出各种悲观的想法。如果医生和其他的伙伴都死了，我怎么办？过了一阵儿，云彩把太阳遮住了，我冷得直打战，于是又琢磨自己离陆地有多远，万一再来一场可怕的暴风雨，身下的船板化为乌有该如何是好？

我越想越乱，害怕极了！突然，我记起了波利说过的话："和医生待在一起永远是安全的。""记住！他最后总会抵达目的地！"

如果波利现在在我身边，我也不必这么担惊受怕，可偏偏只有我孤零零的一个人，我忍不住想哭。但我转念一想，那只海燕不也是孤孤单单的吗？若是觉得孤独就要哭，和襁褓中的婴儿有什么分别？至少我现在还活着，而且比较安全。换成医生，他绝不会被这点儿小事吓倒的！

我挺起胸膛，慢慢在这块小小的船板上移动起来，这样我就暖和多了。没错！我要像医生一样勇敢坚强。

我没有别的事情可做，只能一遍一遍重复地走。走累了，我就躺下来休息，最后居然不知不觉地睡着了。

再次醒来时，天已经黑了。我凝望着满天星辰，意志一直在与饥渴做斗争，可没一会儿，我就被打败了，所有的勇气都荡然无存。

迷蒙之间，一个悦耳的声音传来："你醒了吗？"

我猛地看过去，发现这块破船板的尽头正站着极乐鸟米兰达！它金色的尾羽在夜幕下闪闪发亮。

我从没像现在这样高兴过，冲过去一下抱住了它，差一点儿掉进海里。

"咳咳……孩子，我快不能呼吸了！别抱那么紧。"米兰达挣扎着说。

"米兰达，你知道医生在哪里吗？他还活着吗？"我急切地问。

"他当然活着！就在离这里大约四十英里的地方。在我的信条里，他永远不会死。"

"他在那儿做什么？"

“他坐在‘鹬鸟号’的残骸上刮胡子。嗯……准确来说，是我离开时，他正坐在那上面刮胡子。”

“谢天谢地！他没有死！”我欢呼起来，“蹦波和奇奇怎么样？也没事吧？”

“别担心，他们都很好，和医生在一起呢。当时船被暴风雨毁了，医生看到你昏过去了，就把你绑在桅杆上。谁知，船翻了，你和这块船板一起漂走了。说起来，那场暴风雨太可怕了！那种鬼天气只有海燕和海鸥能忍受得了。之前，我一直在悬崖上瞭望，等着你们到来，可昨天为了安全，我不得不躲进一个岩洞。我发现他们以后，医生马上让我和海豚一起来寻你，一只海燕听说后，也自愿加入了我们的队伍。其实，有一大群海鸟在等着迎接医生，可气的是，暴风雨把这个计划搞砸了。对了，是那只海燕最先发现了你。”

“米兰达，我没有船桨，怎么去找医生他们？”

“你回头看看，你正往他们那边走呢！”

此时，月亮刚刚从海平面上升起。在月光的映衬下，我发现身下的船板正在默默前进，而且是平稳地飞速漂移。

“是什么在推着我们走？”我问。

“是海豚！”

我凑到船板尾部，朝水下望了望，看到了四条海豚的身影：它们正用鼻子推着船板移动。

米兰达说：“它们是医生的老朋友啦！愿意帮他做任何事。我们很快就能看到医生他们了……啊！你看到那团黑影了吗？他们在那里！不，往右一点儿！奇奇在向我们招手呢！”

我真的什么都没看见。我的眼神可没米兰达那么好！不过，我倒是听到了蹦波那独特的非洲嗓音。我努力地朝着那个方向看啊看啊，终于瞧见了“鹬鸟号”的残骸，它自顾自地漂在海面上，着实有些凄惨。

很快，远处传来一声“哈喽”，我激动坏了，马上回应“哈喽”。就这样，我们你来我往，不停地互相喊话。几分钟后，我那块破破的小船板终于与“鹬鸟号”的残体会合了。

月亮越升越高，视线变得更清晰了。我看到，医生他们的那块船体比我的这块要大得多。此刻，几个伙伴正蹲在船体上吃饼干，而医生则在用碎玻璃对着水面刮胡子！

第五章　登陆

我的归来，无疑让大家十分激动。蹦波赶紧给我从木桶里舀了一杯淡水，奇奇和波利站在我身侧，忙着喂我吃饼干。

最令我高兴的是，我终于又和医生在一起了！我看着他默默擦拭着那块碎玻璃，又将它收好，心里突然觉得他很像那只海燕。可以这么说，正是因为他懂得如何与动物交流、相处，才获得了无限的力量和勇气，让他能和海燕一样，从容应对各种困境、挑战。我总算理解了米兰达为何说“他永远不会死”，因为只要跟医生在一起，你就会拥有强烈的安全感以及无所畏惧的信念。显然，昨天那场暴风雨没有对医生造成任何影响。

医生先是对米兰达表示感谢，谢谢它把我找回来，接着问它能不能带

我们去蛛猴岛。之后，他请海豚丢掉我的那块小船板，转而来帮我们推大船体，循着极乐鸟指引的方向一路前进。

我知道，这次海难给医生造成了巨大损失。不过，他始终笑盈盈的，毫不在意。除了一桶淡水和一袋饼干，他还想方设法保留下了一样宝贵的东

西——笔记本。它们被他紧紧捆在腰间。正如马修·麦格说的那样，杜利特医生真是一位伟大的人物。

接下来的三天，我们一直向南慢慢行进。

只是越往南走越寒冷，这让大家感到有些不适。医生说，蛛猴岛因为飓风的影响，正在向南漂移。

第三天夜里，米兰达回来了，它差一点儿就冻僵了！米兰达告诉医生，蛛猴岛就在附近。不过因为夜晚光线暗，海面还起了雾，现在看不到而已。它还说，自己不能与我们同行了，必须马上回到温暖的地方，明年八月再去帕杜尔拜镇看望医生。

临走之前，医生叮嘱米兰达："如果有长箭的消息，要捎信告诉我。"之后，他又再三向米兰达表达了感激之情。

米兰达也为我们送上了美好的祝福，说完便挥挥翅膀飞走了，消失在夜色中。

第二天天还没亮，大家就醒了。当海平面上出现第一缕阳光时，波利大叫道："啊！蛛猴岛！我瞧见棕榈树和山顶了！"

随着光线越来越亮，我们的眼前渐渐出现了一座狭长的岛屿，上面的巍峨山峰和嶙峋奇石清晰可辨。它居然离我们那么近，似乎不怎么用力就能把帽子扔到对面的岸上。

最后，海豚们使尽浑身力气用力一推，残破不堪的船体停在了浅滩上。足足六个星期了！这是我们第一次踏上陆地。当我切切实实意识到自己站在蛛猴岛上时，简直激动得发抖！我终于来到了铅笔曾经点到过的那个小黑点的世界！

很快，我们发现岛上的棕榈树和草类死了一大半。医生说，这些植物都

是热带植物，只有在温暖的气候条件下才能存活。之前岛一直南移，温度骤降，它们自然适应不了。

这时，海豚询问是否还需要它们帮忙。医生向它们表达谢意之后说，暂时不需要了。因为破得不能再破的船体已经裂成碎片，不能再载着我们漂流了。

告别海豚以后，我们刚要进岛，却发现不远处的树林里藏着一群印第安人。医生试着上前和他们打招呼，但对方根本听不懂医生在说什么。医生又用手势表明，我们是来探险的，没有恶意。可他们貌似不欢迎我们，恶狠狠地展示手里的弓箭和石制长矛，好像在说，若胆敢上前一步，就马上杀死我们！很显然，这群印第安人是要我们立即离开！

就在我忐忑不安的时候，医生比画了半天，终于让对方明白了他的意思：我们只是到岛上转转，看完马上离开。问题是我们连船都没有，怎么离开？

正说着，远处走来一个印第安人，他叽里呱啦讲了半天，像是有要紧事，叫族人去另外一个地方。那些人听罢，故意晃晃手里的武器向我们示威，之后便急匆匆地走了。

“这些人真没礼貌！”蹦波望着他们离去的背影，愤愤不平。

“嘘！”波利小声说，“我敢打赌，山的另一面是他们居住的地方。医生，你听我一句劝，趁他们回来之前我们赶紧离开，去别的地方躲一躲吧。其实我觉得他们看上去不是坏人，或许只是有点儿无知，没见过陌生人。等他们明白我们并无恶意，会对我们很友善的。”

没办法，我们只能带着沮丧和失望的心情，向岛屿中间的那片高山走去。

第六章　贾比兹里虫

我们步履匆匆来到山脚下，眼前出现了一片密林。那里杂草丛生，藤蔓缠结，环境相当复杂。好在波利和奇奇经验丰富，有它们充当向导，我们一点儿都不担心。它们很快找来了各种水果和坚果，大家吃得非常满足。后来，我们又发现了一条从山上流下来的小溪，溪水清冽甘甜，十分解渴。

吃饱喝足以后，我们沿着小溪一路攀爬，最终来到了峰顶。那儿视野开阔，既能俯瞰岛屿，又能眺望无垠的大海，简直棒极了！正当我们沉浸在这番美景里时，医生突然做了一个噤声的手势："嘘！贾比兹里虫在叫。"

我们竖起耳朵，仔细辨听，果真听到了一个声音。那声音有点儿类似蜜蜂的嗡嗡声，但又不完全是一个音调，更像一首有人在哼唱的忽高忽低的曲子。

医生边听边说："只有贾比兹里虫能发出这种声音。它应该离我们不远。真可惜！当初我怎么不把蝴蝶网也绑在腰上？啊！它在那儿！"

话音刚落，一只三英寸[①]长的昆虫忽然从我们眼前飞过。医生见状，连忙摘下帽子，猛地扑过去抓住了它。由于没注意，他差一点儿跌下悬崖。可医生一点儿也不觉得后怕，而是半跪在地上，开心地笑着，小心翼翼地捂着那顶帽子。接着，他从口袋里拿出一个有玻璃盖的小盒子，让贾比兹里虫顺着帽子边钻了进去。随后，他仿佛一个获得新玩具的孩子，不停地观察这件

---

① 英寸，英制长度单位，1 英寸 =0.0254 米。

宝贝。

贾比兹里虫的确漂亮得让人挪不开眼睛：它的腹面是灰蓝色的，闪着光；背部是油亮亮的黑色，上面分布着许多红色的圆点。

“如果可以，我想全世界的昆虫学家都愿意用他们的一切来换我的宝贝！”医生喜滋滋地说，“咦？它脚上好像有东西。”

他小心地从盒子里拿出贾比兹里虫，用手指捏住它的背，把它翻了过来。只见它的右前腿上用蜘蛛丝缠着一片干树叶一样的东西，十分奇怪。医生手指灵活，没一会儿就将树叶取下来，把毫发无伤的贾比兹里虫重新放进了盒子。然后，他摊平那片树叶，开始细细研究起来。

令所有人震惊的是，那片小小的树叶上竟然画满了各种符号和图画。在放大镜的帮助下，我们看清了上面的具体内容。虽然我们不明白那些符号代表什么意思，但图画描摹的多为人和山，是用一种特别的棕色墨水勾勒出来的。

大家望着这片树叶陷入了沉思，好半天都没有说话。

过了一会儿，医生打破了沉默："我认为这些符号和图画应该是有人刺破手指，用血画出来的，血干透以后就会呈棕色。但为什么它会出现在一只甲虫的腿上？可惜我不懂甲虫语，不然贾比兹里虫或许能告诉我答案。"

"这些符号和图画是什么意思呢？我实在想不出来！医生，您能看懂吗？"我问。

医生思索片刻，说："所有符号和图画组合到一起，应该是封信，似要传递某种信息。可为什么要让甲虫来当传信者呢？而且是世界上最稀有的贾比兹里虫，这太难以理解了！"

之后，他继续看着那封"信"，嘴里嘟嘟囔囔说了许多话："人们爬上山；人们走进一个山洞；一座山塌了，嗯……画得很形象啊；人们指着自己张开的嘴巴；人们在祈祷；有人躺在地上，像生病了；最后这里是一座山，它形状好奇怪啊！"

突然，他猛地抬头注视着我，脸上泛起微笑："是长箭！斯宾塔斯，一定是长箭！只有博物学家才能想到让一只稀有的贾比兹里虫传信，因为任何博物学家见了都会抓住它的！你记得吗？米兰达说过，长箭不会写字，这封图画信肯定出自他手！"

"是这样没错，可这封信是写给谁的呢？"我问。

“很可能是写给我的。米兰达曾告诉过他，我会来拜访他。如果不是写给我的，那么应该是写给所有能捉到贾比兹里虫的人的！”

“恕我直言，就算您拿到了这封信也没什么意义，您根本不明白信里说了什么。”

“不是的，我现在已经懂了。”医生说着便一字一句解释起来，“第一幅图说的应该是长箭和一群人爬上山，走进一个山洞去寻找草药或者别的东西，然后那座山塌了，巨石滚落下来把他们困在洞里。想必只有甲虫可以从里面飞出来，所以才让它传信。虽然这封信被看到的概率微乎其微，但为了活下去，他们必须抓住唯一的生存机会……来看第二幅图，人们指着口，说明饿得够呛，他们祈祷能有人看到这封信去救他们，有人躺在地上则意味着他们病了或者体力不支！斯宾塔斯，这是他们的求救信！”

医生焦急大喊：“大家行动起来吧！我们马上上山去！蹦波，带上水和坚果，他们肯定饿坏了！希望上天保佑，让我们尽快找到他们！”

我拉住医生，问道：“您知道去哪里找他吗？米兰达提过，这个岛共有一百多英里长，中间几乎都是耸立的山峰。”

“最后一幅图上是一座看上去像老鹰头的山峰，他就被困在那儿。我们只要找到最高峰，爬上去，再俯瞰四周，肯定能找到它！啊！我总算有机会见到长箭了！赶紧出发吧，多耽误一秒都有可能让这位有史以来最伟大的博物学家丧失生命！”

第七章　鹰头峰

时间就是生命！我们以最快的速度行进着，一刻都不敢停歇。终于，我们爬上高峰，来到山顶。在那儿，大家一眼就看到了信上描绘的奇怪山峰——老鹰头。

尽管我们个个大汗淋漓，气喘吁吁，可心急如焚的医生顾不上让大家休息了，他稍稍确定了一下方位，便指引我们下山，然后一路穿过灌木荆棘，越过小溪，抄近道向鹰头峰飞奔。不得不说，身为一个胖子，医生是我见过的最敏捷的越野高手。

对吉格、奇奇和波利来说，这种“户外项目”根本没有任何难度，它们一直跑在最前面。而我和蹦波，只能连滚带爬勉强追上医生的脚步，不让自己被落得太远。

我们来到鹰头峰的山脚下以后，医生吩咐道：“现在，我们开始分头排查，若是发现有坍塌的山洞，或是被巨石、泥沙堵塞的通道，就马上叫喊，及时通知大家。如果什么都没发现，一个小时以后在这里会合。”

于是，我们立即行动，走向四面八方。结果几乎把整座山都翻遍了，也没发现任何山洞或通道。一个小时以后，我们相继回到了原点。大家个个垂头丧气，很是失望。尤其是医生，他看起来非常焦虑，不过他并没有打算放弃。

医生问：“吉格，你没闻出有人藏在什么地方吗？”

“抱歉，医生，我闻不到。这里四处弥漫着蛛猴的味道，而且空气又冷

又干燥，我的鼻子发挥不了作用。”

医生叹了口气：“是啊，现在越来越冷了，看来这座岛还在继续南移，真不知它什么时候才能停下来！再这样下去，岛上的植物都会死掉，我们连坚果和水果都吃不上了……奇奇，你有什么发现吗？”

奇奇摇摇头：“我看到的每一个深谷、裂缝和峰顶都检查过了，没有任何发现。”

“波利呢？你有什么线索吗？”医生转而问道。

“没有。不过，我倒是想到了一个计划。”

“什么计划？快说来听听。”

“那只叫什么兹什么比的甲虫还在你身上吧？如果你猜得正确的话，那么困住长箭的山洞应该是它的家。我们可以先把它放了，跟在它后面，找到那个山洞……就算这只甲虫钻进土里，至少我们也能确定长箭的大概方位，不是吗？”

“如果它逃走怎么办？”医生犹豫了。

波利回答：“不是还有我嘛！放心好了，我不会让这个小家伙离开我的视线的。如果它在地上爬，那你们就自己跟着好了！”

“波利，你真是太聪明了！我马上放它走，看看它会去哪儿。”医生说着，小心地打开玻璃盒子的盖子，让那只甲虫爬到指尖。

“对了，医生，我觉得你应该给长箭写封回信绑到它腿上，告诉他不要放弃希望，我们正在努力营救他们。”波利补充道。

“好主意，我马上写。”医生随手摘下一片树叶，在上面画起了铅笔画。

一切准备妥当后，贾比兹里虫带着“新邮件”爬到地面上，警惕地朝四周看了看，然后慢悠悠地向西走去。

我们本以为它要爬山，没想到它居然是自顾自地绕着山走。天知道一只甲虫绕过一座山需要多久！一个小时，两个小时……我们特别希望它能飞起来，快点儿赶路，然后让波利跟踪它。可人家愣是连翅膀也不展一下！终于，它停下了。然而让人抓狂的是，它绕了一圈，居然把我们带回了出发地！

蹦波故意调侃波利：“你瞧瞧，聪明的甲虫竟不知道怎么回家！”

“闭嘴！如果你整天被关在一个盒子里，出来以后不用活动活动身体吗？再或者它家就在附近，所以才回来的。”波利说出自己的见解。

我问：“它为什么要绕一大圈呢？”

正当我们仨对此展开激烈讨论时，医生叫了起来：“看呐！快看！”原来，贾比兹里虫正向山上爬去，速度比之前快了好几倍。

蹦波见状，顿时瘫软在地：“如果它为了舒活筋骨准备翻越山头再返回来，我还是坐在这里等它比较好。奇奇和波利体力好，可以跟着它。”

蹦波说得没错，这座山十分陡峭，处处都是光滑的崖壁，只有奇奇和波利能做到如履平地。

然而，我们没有想到，那只甲虫刚刚爬了十几英尺[①]，就转身钻进岩缝不见了。

“那里一定有个洞！”波利最先反应过来，飞了过去。没一会儿，它的声音传来：“找到了！在这里！洞口在地衣后面，大概有两指粗。”

“啊！我知道了！巨石是从山顶掉下来的，正好堵住了洞口！现在要是有铲子或者锄头就好了。”医生说。

波利提醒他：“没用的，医生。这块巨石有一百多英尺高、一百多英尺宽，就算工程队来了也要干上一个星期，才能挪动它。”

“这块巨石有多厚？”医生说着，好奇地捡起一块石头使劲儿地朝巨石扔去，巨石发出一声空洞的声响，很久才消散。

突然，我哆嗦了一下，浑身紧绷起来，因为巨石后面传来三下应答声：哒！哒！哒！

大家你看看我，我看看你，震惊程度不亚于听见土地说话。在经过一阵长久的沉默后，医生操着沙哑的嗓音说：“谢天谢地，他们当中还有人活着！”

---

① 英尺，英制长度单位，1 英尺 =0.3048 米。

第五部分

第一章　激动人心的时刻

接下来是最严峻的问题：如何把这块巨石移走、推倒或者砸碎呢？凭我们几个的微弱力量肯定办不到！但洞里还有人活着，我们必须想办法救他们！

于是，大家分头行动，围绕山洞四处查看，试图找到裂缝之类的突破口。吉格在巨石下不停嗅闻、刨挖，结果有了重大发现！正是这个发现帮助我们取得了最后的成功。

它急匆匆地跑到医生面前，告诉他："巨石下面是松软的泥土，很好挖。只要我们在下面不断挖土，巨石就会一点点下降，露出洞口，里面的人不就得救了？"

医生快步走过去看了看，激动地说："我觉得吉格的办法可行，我们一起动手试试吧！"

几个伙伴一听，赶紧找来石片和粗木棍，一起使劲儿刨挖，那模样像极了六只勤勤恳恳的獾。

一个小时以后，医生看了看汗流浃背的我们，说："大家注意，万一巨石有松动的迹象，一定要第一时间散开，不然会被压成肉饼的。"

没想到医生的话音刚落，我们就听到了"嘎吱嘎吱"声。医生大惊失色，慌忙大喊："快闪开！它要掉下来了！"

大家动作迅速，纷纷跑开了。只见巨石慢慢下沉，落在了我们挖的沟槽里。因为底部失去平衡，它开始越来越快地脱离山体。紧接着，洞口露出来了！里面传出一阵兴奋的叫声。最终，巨石轰然倒地，碎成了两半。

我该怎么形容两位伟大博物学家的第一次会面呢？他们一位是约翰·杜利特——帕杜尔拜镇的医学博士，另一位是长箭——金箭的儿子。尽管已经过去了很多年，可时至今日，那伟大的一幕依旧镌刻在我的脑海里，清晰如昨。

医生一生或许经历过许多重要事件，然而对他来说，没有什么比救出长箭更值得纪念的了！我深知他们会面的重要意义，所以从巨石滚落开始，我就一直踮脚张望，恨不得马上看清洞里的情形，见证这一重要时刻。

山洞通道被打开了！里面黑乎乎的，足有二十英尺高。洞口中央站着一个身姿挺拔、面容俊朗的印第安男人。他光着身子，只在腰部围了一块珠子串成的帘布，头上插着一根山鹰的羽毛。为了遮挡多日未见的刺眼阳光，他正抬起一只手护着脸。

“那就是他！下巴上的疤痕以及高大的身材都是他的标志！”医生一边自言自语，一边跨过碎石，向对方走去。

很快，印第安男人放下手，露出一双炯炯有神的眼睛。他的目光如鹰一样锐利，但要友善得多。他慢慢抬起右臂，握住了医生的手。时间仿佛定格了！这是一个多么伟大的时刻啊！他们简直就像一座散发着文明光辉的雕塑！

医生试着和长箭交谈，可他不会印第安语，而长箭听不懂英语。后来，医生开始用各种动物语同长箭说话。然而自始至终，长箭都没什么反应。医生没有放弃，又说了几种动物语，还是毫无反应。

最后，医生用短促、尖利的鹰叫声说：“长箭，再也没有比看到你还活着更令我开心的事了！”

没想到，长箭坚毅的脸上竟露出了微笑，用鹰语回应道：“伟大的朋友，我的命是你救的，余生我甘愿做你的奴仆，听从你的吩咐。”

畅谈完毕，医生让蹦波拿来了坚果和水，可长箭礼貌致谢后，却带着这些东西进了山洞。我们也跟着他走了进去。

我们在洞里看到了另外九个印第安人，他们个个骨瘦如柴，病恹恹地躺在地上，看样子已濒临死亡。医生仔细检查了一番，确信他们都还活着。只是有个女人太过虚弱，站都站不起来了。

在医生的示意下，波利和奇奇拿来了更多的食物和清水。就在长箭把食物分给他们时，洞口传来喧哗声。定睛一看，原来是我们在海边遇到的那伙印第安人。

他们满怀戒备地朝洞里看了看，在发现长箭和其他印第安人后，当即激动地冲进来，呜里哇啦地说了一通。

长箭告诉医生，那九个印第安人分别来自两个家族。他们一直在寻找一种可以治疗消化不良的苔藓，所以才跟着他来到山洞。没想到，好巧不巧巨石突然落下堵住了洞口，把他们困在了里面。两个星期以来，他们一直靠岩壁流下的水滴和洞里的苔藓维持生命。岛上的印第安人还以为他们死了，如今看到亲人健在，难免有些激动。

长箭又告诉那群新来的印第安人，是医生救了他们。没想到，那群印第安人一听，立马围住医生，又是捶胸又是说话，好不热闹。

长箭说，他们这是在为之前的事情向医生道歉。他们从没见过什么人能和海豚对话，还以为医生是魔鬼呢。

接着，那一大群印第安人走出山洞，指着巨石断裂的地方比画起来，想知道我们是如何做到的。

后来，曾到访过蛛猴岛的旅行者告诉我，那块巨石已经成了岛上的必游景点。当地印第安人每每带着游客参观时，总是会绘声绘色地介绍这段传奇故事：约翰·杜利特医生发现巨石困住了他的朋友长箭，怒火中烧，他大喝一声，当即用双手劈开巨石，把长箭救了出来。

第二章　漂浮岛上的人

救出长箭等人后，印第安人的态度明显变得和善友爱了。他们热情地邀请我们去参加庆祝亲人团聚的宴会。我们恭敬不如从命，随后用粗壮的树枝做了一副担架，和他们一起把那个不能行动的女人抬下了山。

路上，长箭从族人口中得知，八十岁的酋长早上去世了，他的表情立刻变得冷峻、严肃起来。

波利见状，悄悄对我说："之前在海滩上，那些人肯定是因为这件事才匆匆回去的。"

医生问长箭："他是怎么死的？"

"冻死的。"

医生边走边对我感叹道："这座岛依然在向南漂移，如果不加以控制，情况会非常严重。我们得想想办法。"

走着走着，我们的视野中出现了一座古朴的村子，里面矗立着许多茅草屋和图腾柱。

"这村子真漂亮啊！"医生由衷地赞美。

长箭告诉医生：“这岛上有两大部落，一个是波普西佩泰尔，另一个是巴格贾格德拉格。我们现在看到的是波普西佩泰尔部落，印第安语的意思是‘漂移土地上的人’。”

“这两个部落哪个大一些？”

“自然是巴格贾格德拉格，它的面积有两平方公里[①]！不过……”长箭顿了一下，眉头紧皱，“我宁愿要一个波普西佩泰尔人，也不选一百个巴格贾格德拉格人。”

进村之前，长箭等印第安人被救的消息早就传开了！村民们纷纷跑出来迎接失踪多日的亲人和朋友，场面非常感人。

他们一听说是群陌生人伸出了援助之手，立即蜂拥而上，轮番和医生握手、拥抱，后来干脆一起把医生扛起来，向村里走去。

可想而知，进村以后我们受到了更加热情的欢迎。即

① 平方公里，即平方千米。

便冻得瑟瑟发抖，村民们还是笑着走出家门，热情地向我们点头、招手。等长箭详细描述了事情的经过后，他们更激动了，接连用奇怪的歌唱方式大吼大叫，向我们表达感谢。

接下来，我们被簇拥着走进了一间新的茅草屋。他们让我们住在这儿，还派六个男孩服侍我们。

新房里摆着许多水果和鱼类，是用来招待我们的。部落里的重要人物坐在一个长桌前，显然已等候多时了。长箭邀请我们入座，共享盛宴。

我们的肚子都快饿瘪了，当即准备大快朵颐，没想到那鱼竟是生的，不免有些失望。可印第安人对此却毫不在意，他们狼吞虎咽，吃得津津有味。

医生先是向长箭解释缘由，充分表达了歉意，然后说想把鱼烤熟了再吃。然而，令我们大跌眼镜的是，伟大的博物学家长箭居然不知“烤熟”是什么意思！

波利见状，拉拉医生的衣袖，小声说：“你瞧见了吗？都这个时候了，整个村子连一盏灯都没有，这说明这里没有火！”

第三章　火种

医生明白原委后，在兽皮桌布上画出火苗的样子，问长箭是否知道。长箭想了想，说他曾在火山口见过这种东西。只是，他和部落里的人不清楚它是干吗的。

蹦波听罢，在一旁小声嘀咕：“难怪老酋长会被冻死！”

正在这时，一个印第安女人哭哭啼啼抱着孩子走了进来。长箭解释，她的孩子病了，想让医生帮忙医治一下。

波利凑到我耳边一顿抱怨："天哪！这和在帕杜尔拜镇有什么分别！饭刚吃到一半病人就来了！不过，这里的饭是生的，不会凉，这点倒是不错！"

情况紧急，医生马上着手给孩子检查，结果发现孩子冻得直哆嗦。他看向长箭："只要有火他就会没事的。不然，这孩子可能会患上肺炎。"

"可是怎样才能弄到火呢？"长箭犯了难，"岛上所有的火山都是死火山！"

我们几个赶紧摸摸自己的口袋，想看看还有没有火柴。找了半天，找到两盒半，还都被海水泡湿了。

医生对长箭说："长箭，除了火柴，还有很多方法可以生火，比如利用厚玻璃和太阳光，但现在太阳落山了，行不通。还有一种方法是用硬木棍钻磨软木块，不过还需要松鼠窝做引燃材料。天黑了，你们没有灯，应该没法去林子里找这个东西，只好等明天再说了。"

"伟大的医生，你如此博学、智慧，令我钦佩不已。但你可能不知道，我们没有火也能在夜幕下行动自如。放心吧，一个小时之内肯定让人把松鼠窝带到你面前。"长箭说完，向两个男孩下达了命令，两个男孩转身消失在夜色中。

没一会儿，他们果然将松鼠窝带回来了，外加一根硬木棍和一个软木块。

月亮还没出来，屋子里漆黑一片。但印第安人似乎没受任何影响，照常走动和交谈。自然而然，钻木取火的重任落到了医生肩上，可他全靠触觉摆弄材料，总是出错，最后只能请长箭和其他印第安人帮忙。医生取来一张弓，解下弓弦，在硬木棍上缠了一圈，然后拿着它在软木块上搓蹭起来。没一会儿，木块冒烟了！他把松鼠窝的软枝和苔藓放上去，叫我在一旁吹气。随着木棍越转越快，烟雾越来越多，松鼠窝“噌”的一下迸发出火焰，屋子里登时被照得亮堂堂的。

印第安人惊呆了！他们先是跪下来叩拜火种，又想用手去抓火苗，兴奋又慌乱。在我们的帮助下，他们学会了烤鱼。就这样，波普西佩泰尔部落的上空，第一次弥漫起烤鱼的香味儿。

接下来，我们又让他们取来一堆干木头，在村子中间燃起大火堆。部落里的男女老少都来了！那是一个令我终生难忘的画面：漆黑的夜空下，印第安人围着熊熊燃烧的火堆载歌载舞。红红的火焰映衬在他们的脸颊上，感觉温暖又幸福。

印第安人对火有了一番了解，医生开始教他们怎样在自家生火，还告诉他们如何在房顶掏洞以作烟囱之用。

在经历如此漫长又疲惫的一天后，我们终于能躺下休息了。这时，波普西佩泰尔部落家家户户都有了亮光。他们高兴坏了！一直在热烈地讨论着陌生人带来的礼物——火，以至于黎明十分，我迷迷糊糊间还能听到说话声。

第四章　蛛猴岛漂浮之谜

波普西佩泰尔部落的人简直太热情了！但凡我们想做点儿什么事，如果不悄悄进行，就会马上招来一大批追随者。医生有多受欢迎呢？每天早上，只要他一露脸，早早等在门外的仰慕者便会蜂拥而上，一刻不离地跟着他。

我想，自从医生展示过钻木取火的神技后，这些人或许是不想让自己错过任何观摩他施展魔法的机会吧。

这天上午，我们打算和长箭在岛上四处转转，费了九牛二虎之力才突出重围。走了一圈后发现，这里不但植物备受严寒的摧残，动物的境遇也十分悲惨。我们来到岛的东南方，又看到远处海面漂浮着许多冰山。种种迹象表明，这座海岛距离南极已经很近了。

此时，帮助过我们的海豚正在海浪间嬉戏，医生见状，连忙和它们打招呼，向它们请教这里距离南极洲还有多远。

海豚回答："大概一百英里，你打听这个干什么？"

医生忧心忡忡地说："这座岛是一座浮岛，原本在热带，但因为洋流的关系一直向南漂移，我担心再继续漂下去，岛上的生物会灭绝的。"海豚点点头："这么说，你是想让它回到气候温暖的地方是吗？"

"没错！可我们总不能像划船那样把它弄回去吧？"

"这个方法的确行不通，但可以让鲸把它推回去，只要鲸够多就能办到。"海豚想到了一个主意。

医生高兴得直跳脚："太棒了！我怎么就没想到呢？你们可以帮我们联系几头鲸吗？"

"当然没问题！"海豚一口答应下来，"刚刚我们还看到一群鲸在那边锻炼呢！我们这就去请它们过来。如果数量不够，就再去找几头，反正越多越好！"

"谢谢！"医生说着，想到了另外一个问题，"我观察了，这座海岛至少有一半是岩石结构，为什么会漂浮起来成为浮岛呢？你们见多识广，能不能帮我解答一下。"

海豚耐心地“科普”：“虽然这种现象比较少见，不过原理却很简单。这座海岛过去是南美大陆的一部分，后来在冰川时代发生断裂，就与南美大陆分开了。落进大海的时候，因为它是空心的，里面的大空洞灌满了空气，所以才会漂起来。你们现在看到的，只是这座岛屿的一小部分，它的绝大部分都在水下。”

蹦波听得一愣一愣的：“真是闻所未闻的怪事！”

“的确奇怪，我要记下来。”医生拿出随身携带的记事本。

海豚离开后不久，就带回了两百多头鲸。它们个个身形庞大，好似一座座小山。

医生言辞恳切，请海豚向鲸们传达他的意思：“麻烦让它们游到岛的另一头，然后用鼻子顶着，把小岛送回巴西南部的海域去。这次行动是关系岛上全体生命的大事，请它们务必帮忙。”

很快，鲸们一起翻转身体向岛屿南边游去，显然，海豚说服了它们。我们则静静地坐在海滩上等待着……

一个小时过去了，医生随手捡起一根木棍扔进了大海。起初，木棍一动不动，可慢慢地它开始沿着海岸飞速向南漂移。

医生激动极了：“快看啊！这座岛终于往北走了！植物、动物都有救了！”随后，他取出怀表，又往水里扔了几根木棍，默默地计算着什么。

“嗯，现在的速度是每小时十四点五海里[①]，”他小声地说，“估计五天后我们就能到巴西附近的海域了。我感觉已经暖和多了，我们去找些东西吃吧。”

---

① 海里，专门用于计量航程的单位，1 海里 =1852 米。

第五章　战争爆发

回村的路上，医生和长箭探讨起了学术问题，其中涉及最多的是植物。然而，交流刚开始，就被一个飞奔而来的印第安人打断了。

长箭听完报信人的话，脸色立刻变得凝重起来。他用鹰语告诉医生："朋友，波普西佩泰尔人有麻烦了。巴格贾格德拉格人向来觊觎我们仓库里的粮食，现在，这群无耻之徒为了达到目的，居然发动了战争！"

"真是个坏消息！"医生说，"他们是不是有不得已的苦衷？"

长箭冷哼一声："那群家伙好吃懒做，总喜欢不劳而获，要不是仗着人多，怎么敢向我们公开宣战！"

走进村子，几乎人人都在积极备战。男人们忙着削磨长矛、战斧，制作弓箭；女人们在村子四周架起竹篱，充当防御围墙；侦查员和信使来回跑动，向大家传递前方消息。附近的山上、树上，处处都是监视南边树林动静的瞭望哨。

长箭叫来一个极其健壮的矮个子男人，向我们介绍说，他是波普西佩泰尔部落的武士首领，名叫"牙齿"。

医生觉得战争对双方来说有百害而无一利，于是毛遂自荐想去和巴格贾格德拉格人谈谈。可长箭和牙齿听后，不住地摇头。原来，上次对战时他们也曾派人去和谈，结果那人被敌方残忍地杀死了。

正说着，瞭望哨发出了警报："巴格贾格德拉格人下山了！他们朝这边来了！"

医生从地上拿起一根木棒，敲敲石头试试分量，然后果断站到人群之中：“就让我们一起帮助大家保卫村庄吧！”

我借了一把弓和一囊箭；奇奇提着一袋石头爬上了棕榈树；蹦波走到医生身边，一手抱住木桩，一手握住一棵小树；吉格则露出了那口锋利的牙齿。是的，我们要和他们一起战斗！

当敌人真真切切出现在我们面前时，所有人都倒吸了一口凉气。目光所及之处，黑压压一片，除了人还是人！和他们一比，我们这点儿人数实在太可怜了。

“天啊！实力太悬殊了，我得去搬些救兵来。”波利说完，一溜烟儿不见了。

吉格听了波利的话，解释道：“想必它去找黑鹦鹉了。瞧瞧，这帮可恶的家伙得有好几十万吧？接下来肯定是一场恶战了。”

正如吉格所料，没过一刻钟，整个村庄就被巴格贾格德拉格人包围了！

以下这段情节堪称我航海历程中最为紧张的一部分：

一切发生得太快，之前修筑的篱笆围墙并不实用，很快就被攻破了。要不是因为医生、长箭和蹦波英勇作战，拼死抵抗，波普西佩泰尔部落早就沦陷了。之后，这个由英国人、印第安人和非洲人组成的“联合军团”四处冲锋陷阵，逼退一拨又一拨敌人，誓死守卫村庄。从此，波普西佩泰尔人的历史中留下了“三勇士”的威名。

几个星期之后，我路过一群围着篝火载歌载舞的印第安人身旁，听到他们在唱一首歌。从那时开始，这首歌就成了波普西佩泰尔人的传统民歌。

三勇士之歌

啊，请听这首三勇士之歌，
他们在大海边并肩战斗。
那时巴格贾格德拉格人一起冲下山，
密密麻麻就像一群黄蜂。
他们包围村庄，毁坏篱墙，
啊！可怜的村庄，可怜的亲人，满脸悲伤！
危急时刻，上天派“三勇士”来相助！
他们并肩战斗，并肩出击，
一拳能打倒六个敌人，
宛若一道攻不破的壁垒。
我们将世代传唱三勇士之歌，
歌颂他们在大海之滨的战斗事迹！

第六章　波利将军归来

尽管三位勇士英勇无畏，奋不顾身，可还是难以抵挡多如牛毛的敌人。在苦苦坚守了一段时间后，敌人攻破防御撕开了一个大口子，进入了村庄，双方战斗进入白热化。然而，长箭不知怎的被一支长矛刺中，摔倒在地。

接下来，医生和蹦波并肩而行，又苦苦鏖战了半小时。之后，蹦波被石块砸中，也倒下了。于是，“三勇士”只剩下医生还在苦苦拼杀。

我和吉格担心医生的安危，赶紧跑到他身边，想要像长箭和蹦波一样和他并肩作战。奈何我们的力量实在太薄弱了。没几分钟，敌人如潮水一般推倒篱笆，涌了进来。

“到小舟那边去！我们完了！你们快逃命吧！”波普西佩泰尔人冲我们大喊。

但没等行动，我们就被敌人打倒了，那时我以为我们会被他们活活踩死。

千钧一发之际，战场上传来直冲云霄的怒叫声，数不清的黑鹦鹉出现了！它们遮蔽了西面的一整片天空，犹如一个超级军团。事后波利告诉我，这些鹦鹉来自遥远的南美大陆，具体有多少只它也不清楚，不过至少有几百万只。

很快，在波利的带领下，黑鹦鹉开始向巴格贾格德拉格暴徒发动了猛烈的袭击。它们三四只组成一个作战小分队，轮番狠抓敌人的头发，用力啄他们的耳朵。一时间，巴格贾格德拉格人个个抱头鼠窜，鬼哭狼嚎。有的敌人运气好，及时逃走了，可大部分敌人的耳朵被啄成了“邮票边”。不过，从此以后，这个部落的人有了新名字：“长着锯齿耳朵的巴格贾格德拉格人”。

战局扭转取得胜利后，医生马上就投入到救治伤员的工作中去了。好在受重伤的人并不是很多，他不至于那么劳累。长箭虽然伤得最重，不过经过包扎和处理，很快就苏醒了。蹦波只是被打晕了，也没什么大碍。

安排好一切后，医生叫来波利，让它带着黑鹦鹉大军持续追击，把敌人赶回老巢。霎时间，黑鹦鹉们又发出可怕的叫声，吹响了战斗的“号角”。

巴格贾格德拉格人被啄怕了，连跑带跳逃回了自己的地盘。

医生捡起被打落的帽子，戴在头上："明天，我要去巴格贾格德拉格人的地盘和他们订立和平条约！"

听了这番话，整个波普西佩泰尔部落都欢呼起来。战争就这样画上了句号……

第七章 《黑鹦鹉和平条约》

第二天一早，我们便划着小舟向巴格贾格德拉格人所在的村落进发，足足走了二十五个小时才到达那里。条约签署之后，我们也没在他们的地盘多停留，马上就离开了。

因为这场战争，我第一次看到医生暴怒的一面。去往对方村落的路上，他的火气还没消，一直在痛斥他们的恶劣行径。

长箭受了伤，身体虚弱，不宜同行，和我们一起去的是六个波普西佩泰尔人。其中，有个男孩会不少英语，加上医生天赋异禀，基本掌握了印第安语，所以他们相互配合，能轻易应付各种状况。

此时，数不清的黑鹦鹉正蹲守在巴格贾格德拉格人的村落附近，严阵以待，准备随时发动进攻。

我们走下小舟，穿过街道，走向酋长王宫。路两旁都是垂头丧气的巴格贾格德拉格人。他们恭恭敬敬地站着，连看都不敢看我们。医生故意挺起胸膛，昂首阔步走在前面，我和蹦波见状，都忍不住笑了。

酋长以及部落里有头有脸的人物早已等候多时，他们脸上挂着谦卑的笑容，想要和医生握手。可医生没理他们，径自走上台阶，用无比沉着、坚定的声音发表了一番演讲。

我此生从没听过如此精彩的演讲，我想巴格贾格德拉格人也没听过。医生义愤填膺，先是言辞犀利地细数他们的恶行，讽刺他们好吃懒做、恃强凌弱，随后又说打算让黑鹦鹉把他们赶到海里喂鱼，以保证这座海岛的永久安宁。

那些人一听，立马跪倒在地请求宽恕，同时保证愿意接受医生的任何条件。

医生叫来这个部落的记事员，让他在王宫的墙上刻下了和平条款，也就是保存至今的《黑鹦鹉和平条约》。

这则条约有多长呢？半个王宫的墙面都刻满了图画和文字，单是颜料就用了五十五罐。它的主旨是两个部落以后禁止发生争斗，如果其中一方遭遇困难，出现饥荒，对方要提供帮助。

巴格贾格德拉格人原以为医生会一怒之下杀掉几百人，或者挑选一部分成员抓回去当奴隶，没想到却是这个结果，顿时松了一口气。那一刻，心中的恐惧当即转化成对医生的崇敬之情。医生准备离开的时候，以酋长为首的领军人物纷纷拜服在他脚下，请医生留下。

医生听后，庄严地说："在你们用行动证明这是一个善良淳朴的部落之前，没人愿意来做客。只要你们遵守条约，积极努力，我相信会很快涌现出一批优秀的带头人的。他们一定能带领你们走向繁荣。"

医生言罢，转过身走向小舟。我、蹦波以及同行的几个波普西佩泰尔人，怀着无比自豪和钦佩的心情跟着他上了船。

第八章　空中悬石

我想，医生带给巴格贾格德拉格人的精神震动无疑是前所未有的，这比他往日所有的丰功伟绩都要出彩，以至于经过口口相传，人们眼中的医生已经变成了无所不能的神灵。

当我们走到海边时，看到了一个生病的小女孩。医生对她进行了简单的治疗，没一会儿她就好了。这件事更让巴格贾格德拉格人尊敬医生了。他们见我们登上小舟，以为医生要永远离开这里了，纷纷流下了不舍的泪水。接着，几个领头人跳上自己的独木舟，自愿一路护送我们返回波普西佩泰尔部落。

回去的路上，医生想熟悉一下整座海岛的概况，所以带我们走的是另一侧的航线。

然而没走出多远，我们的视野中就出现了一面耸立的峭壁。峭壁下海水翻涌，泡沫四溅。靠近一看，原来是推岛的鲸朋友！因为战争，我们几乎把这件事忘得一干二净了。事不宜迟，我们得赶紧回去，不然被甩下就不妙了。路上，我们发现原本奄奄一息的植物又重新焕发出生机，很显然，蛛猴岛正在慢慢向故乡靠拢。

在距离波普西佩泰尔部落还有一半路程的时候，我们在印第安人的带领下登了岛，来到一个叫回音岩的地方。这里地形奇特，中间像个盆地，盆地中间凸起形成一张石桌，石桌上还有把象牙椅。四面的山体宛若阶梯，一层一层通到顶端。此外，盆地谷底面向大海的一面有条缝隙，可以眺望海面风光。这一切使它看起来像个超级演播厅，而中间的部分就是舞台或者发言台。

我问："它为什么叫回音岩？"

印第安人笑笑回答："到下面你就知道了。"

顺着石头向下攀爬的过程中，印第安人开始给我们展示它的玄妙之处：原来，在里面无论相隔多远，就算你只是悄声说一句话，所有人也都能听见。医生说，这是声音遇到岩壁发生反射造成的。

印第安人讲，以前蛛猴岛由波普西佩泰尔人统治，这里是历代国王加冕的地方，象牙椅就是国王的宝座。此处空间极大，能容纳岛上所有居民前来观礼。

这时，印第安人指着远处的火山口边缘，让我们观察一块"悬石"。它位置很高，大部分悬在空中，仿佛轻轻一推就会掉下来似的。印第安人神秘兮兮地告诉我们，当地流传一个传说，波普西佩泰尔最伟大的国王加冕时，那块悬石便会掉进火山口，直坠地心。

医生很好奇，想去近距离观察观察。等我们费了好大的劲儿爬上去才发现，悬石居然有一座教堂那么大！

医生问我："斯宾塔斯，如果这块石头掉下去会发生什么？"

我摇摇头："不知道。"

"你还记得吗？海豚说过，岛下有个充满空气的大洞。如果这块石头顺着火山口砸进那个大洞，说不定空气没了以后，岛也就不会再浮起来了。"

"岛上的人会淹死吗？"我问。

"这要看它沉得有多深了。没准它刚沉下去一点点就碰到海底了呢？"

蹦波听了医生的话，感叹道："希望它永远别失去平衡。老实说，我有

点儿担心它会砸穿地球！”

参观完悬石，印第安人又带我们去了几个有意思的地方。回到海边，那些巴格贾格德拉格人还在。他们这次走在我们前面，估计要比我们早到好几个小时。医生挂念长箭的伤势，于是我们一整夜都没有合眼，轮流划船，总算在黎明时分赶到了波普西佩泰尔部落。

我们靠岸时，看到不少部落长老从去世酋长的家里走了出来。经过打听得知，他们正在推选新任酋长。蹦波好奇地询问是否有结果了，人们却说要等中午才能揭晓。

我们首先去探望长箭，确认他恢复得很好之后，回到住处吃了一些早饭，接着开始休息。我们自从来到岛上总是忙着处理这样那样的事情，太累了，所以几乎是碰到枕头几秒钟后，就打起了呼噜。

第九章　医生当选国王

我们睡得正熟，突然被一阵奏乐声吵醒了。起身一看，门外不知什么时候来了一支乐队，整座茅草屋都被波普西佩泰尔人团团围住了，更奇怪的是，他们今天的着装色彩艳丽，尤为讲究，而且每个人脸上都挂着明媚的笑容，感觉就像在参加盛大节日庆典似的。

此时此刻，从巴格贾格德拉格回来的波利正端坐在门柱上看热闹。我们问它，外面是什么情况。

它说：“新酋长的选举结果刚刚公布。”

“是谁？”医生问。

波利异常平静地回答：“是你。”

“什么？我？”医生大吃一惊。

“没错，就是你。另外，他们认为‘杜利特’不足以形容你的伟大，所以决定称呼你为约翰·卡罗特（受尊敬的人）。你觉得怎么样？”

“可我并不想当酋长。”医生有点儿烦躁。

“你不答应恐怕有点儿困难，除非你愿意重新坐着小舟到大海上漂流！”波利解释道，“现在，你已经成了整个蛛猴岛的国王！你不知道吧？巴格贾格德拉格人非常渴望你来统领他们。当他们得知你被波普西佩泰尔人选作酋长时，悔恨不已。于是经过商量，他们决定放弃自主权，和波普西佩泰尔人一起接受你的领导。所以，你现在是两个部落共同的国王了！”

医生忧心忡忡地说：“我不想当国王，也不需要被他们这么热情对待！”

我插话道：“您应该觉得自豪才对，我想当国王还当不上呢！”

医生一听，情绪越发激动了：“‘欲戴王冠，必承其重’，自从来到这个岛，我一直在忙别的事情，博物研究没有一点儿进展。如果我当了国王，肯定会把所有时间都花费在处理各种事务上，到那时，我就只能当一个……国王了。”

“我父亲就是国王，他有一百二十个妻子。我也没看他焦头烂额呀！”蹦波说。

医生叹了口气：“那更糟糕！反正我不想当国王，只想搞研究！”

“啊！你快起来，穿好靴子，系好鞋带！”波利对医生喊道，“他们来宣布结果了！”

几秒钟过后，屋外拥挤的人群自动让出了一条通道。一位威严的印第安长者捧着一顶华丽的王冠向我们走来。他身后有八个身强力壮的年轻人，扛着一个用长杆组成的抬椅。

一见面，长者马上单膝下跪以头触地，向医生行礼：“尊敬的陛下，我们的老酋长已经离世，人们迫切希望出现一位伟大的领袖。您智慧无穷，胸怀宽广，就连我们的敌人——巴格贾格德拉格部落，也在您的影响下成了我们的朋友和弟兄姐妹。现在，我受这片土地上所有人的委托，给您带来了波普西佩泰尔神圣的王冠。请您和我们到回音岩参加加冕仪式，在所有岛民的见证下成为我们的国王！”

医生听后脸色并不是很好，他东张西望，想要找借口离开：“怎么办呢？你们谁看到我的领扣了……我还以为他们会给时间让我考虑一下！谁会一觉醒来连脸都没洗，就被告知要当国王……蹦波，你是不是踩着我的领扣了，把脚挪开。”

“你就别惦记我领扣了！”波利表情相当无奈，“这不影响你当国王。”

“我说了！我不要当国王！我跟他们解释解释，或许他们会同意的。”医生讲完这些，用印第安语告诉在场的人，“对于大家给予的信任和厚爱，我表示感激。但我对管理国家一窍不通，无法胜任国王这个崇高的职务。相信你们一定会找到更合适的人选的！”

老者闻言，大声重复给后面的人听，可人们并不接受。老者转身再次看向医生：“除了您，谁都没有资格当国王！我们选中的就是您！”

医生灵光一闪，悄悄说道：“我要去找长箭，他或许有办法帮我。”于是简单交代几句，留下众人便离开了。我跟了上去。

这会儿，长箭正躺在自家屋外的草床上感受“节日”气氛。医生看看周围的人，决定用鹰语和他交流：“长箭，我有大麻烦了！我不想当国王，我要做自己喜欢的有意义的工作！你劝劝他们，放弃这个想法吧。”

长箭支起身体，为难地说：“朋友，这件事我爱莫能助。他们下定决心让你当国王，如果我横加阻拦，他们会把我逐出部落的。你放心，我会说服他们给你尽量少安排点儿工作，让你有时间去探索自然奥秘。依我看，你可以先当一段时间国王，之后我们再想办法卸掉这个担子。”

医生叹口气准备回去，可刚转身就发现那位长者就站在身后，手中依旧捧着那顶王冠，抬椅也在他身边。几个年轻人躬身示意，屡屡请医生上座。

医生本想逃走，可奈何周围的人太多了，根本行不通。那支乐队又开始奏乐了！最终，医生极其不情愿地坐上了抬椅。

长箭见状，躺在那儿大喊：“愿好运永远伴随您，亲爱的国王！”

随着新国王以及“仪仗队”渐行渐远，周围的印第安人开始向那个盆地飞奔，他们要赶紧去占个好位置，以便观看加冕仪式。

第十章　盛大的加冕礼

在漫长的一生中，我曾见过无数激动人心的画面，然而没有哪个画面能跟“约翰国王”的加冕礼相提并论！当我、蹦波、波利、吉格赶到现场时，顿时被眼前的一幕震撼了。那个巨大的盆地里，座无虚席，人山人海，岛上的男女老少都来了！就连长箭也把床搬到现场，要亲自观礼。不过，此时的回音岩场地却异常安静，没有一丝声音。

盆地中央的石台上竖着一根崭新的图腾柱。它又高又粗，雕刻得富丽堂皇，四面有许多彰显医生博学的动物图案，如鹿、牛、鱼等，顶端则刻画着一只大大的鹦鹉，很明显，这是为了纪念《黑鹦鹉和平条约》所做的特别设计。石台上的象牙椅闪闪发亮，已用精油擦拭过，椅周摆满了鲜花。

很快，医生被抬到了石台上。他顺着鲜花铺就的地毯缓缓走下来，然后在那位长者的陪同下，坐上了国王的宝座——象牙椅。

接下来，长者对着在场的民众开始了一番长篇大论。他先是列举历代波普西佩泰尔国王的名字，讲述这个民族过去所取得的辉煌成就和遭遇的种种困境，随后又指着医生，大谈特谈这位新国王的丰功伟绩。当长者讲到医生的事迹时，民众不知怎的全都向王位的方向挥动右手，不过却没发出任何声响。

长者结束讲话，神情庄重地走向医生，恭敬地取下医生的破礼帽，看样子是打算扔了，但被医生及时抢回放在了腿上。之后，长者将那顶华丽无比的王冠戴在了医生的头上。王冠与医生那圆圆的大脑袋有点儿不搭，当一阵海风吹来，他不得不伸手去扶，以防它掉下来。

长者转身，掷地有声地说："波普西佩泰尔的臣民们，请为你们推选的新国王欢呼吧！"

"万岁！约翰国王万岁！"人群传来山呼海啸般的声音。

这声音此起彼伏，在山谷之间回荡，仿佛永远无法停歇似的。

突然，长者指了指远处的悬石。我抬头一看，那块大大的悬石晃动了几秒，接着便落进火山口不见了！

"大家看啊！悬石滚落下去了！"长者激动地大喊，"传说应验了！他就是最伟大的国王！"

医生看到悬石滚落，站了起来，但他的关注点在大海上，似乎隐隐期待着什么。

蹦波凑到我耳边嘀咕：“他肯定在想气洞的事，希望这岛别沉得太多。”

大约过了一分钟，远处传来一阵沉闷的声响，然后是“嘶嘶”的漏气声。医生有些焦躁不安，再次坐到了象牙椅上，开始一动不动盯着蔚蓝的海面。

神奇的事情发生了！我们感觉海岛在逐渐下沉，低矮的海岸和海滩被淹没了，一英尺、三英尺……一百英尺！它停住了！蛛猴岛稳稳地落在大西洋海底的土地上，再也不会四处漂浮了。

虽然靠近海边的房子所剩无几，但幸运的是没有任何人员伤亡，因为这座岛上的所有人都在参加新国王的加冕盛典！印第安人自然不会明白其中的奥秘，后来医生告诉我们，应该是人们发出的欢呼声引发空气震动，把悬石“晃”下去了。不过，在波普西佩泰尔的历史上却是这样描述这件事的：伟大的约翰国王加冕时，海岛为了表示敬意，决定下沉，再也不流浪了。

第六部分

第一章　新国王任职

以前，我一直觉得国王很清闲，平时只需要坐在王位上，接受人们鞠躬、行礼就万事大吉了。直到医生做了国王，我才明白，一个尽职尽责的国王简直是世界上最辛苦的人！

医生每天天不亮就得起床，晚上要熬到半夜才能休息，关键是他天天如此，从不敢有丝毫懈怠。因为原来的村落被海水淹没了，医生上任后的首要任务就是领导印第安人建一座新城。他们将地址选在了一个海湾，那里风小浪缓，大小船只都可以停泊，非常安全。

营造城池的过程中，医生提了许多新想法。他告诉他们怎样修建下水道，生活垃圾该如何处理，同时还教他们在山上修筑堤坝，截流引水制造人工湖，解决饮水用水问题。这些印第安人闻所未闻的方式方法，充分改善了他们的生活条件，使他们不再饱受疾病和瘟疫的困扰。医生做的另一件大事是帮助印第安人锻造工具。他跑遍远近高山，带领人们开采铁矿和铜矿，然后再教授他们制作刀、犁、水管等物品。

此外，医生当上国王后，还竭尽所能想取消一些奢靡、浮华的东西。所以，在规划新城池的时候，他并没有给王宫留位置，只打算建个小屋够住就行了。

印第安人得知此事，说什么也不同意。他们除了坚持要为医生建造一座无比奢华气派的宫殿外，还不答应取消那些象征身份的礼仪以及日常用度。王宫里，有一千多个奴仆轮流伺候医生；他们还为医生专门打造了一艘镶满贝母的红木舟……另外，印第安人要求医生时时穿着那身华丽但繁缛的王

袍，戴着那顶新王冠。即便是外出捕蝴蝶，医生也从不敢穿自己的旧衣服，生怕惹麻烦。

医生太忙了，几乎没有一点儿空闲时间。每天上午九点到十一点，我们的约翰国王都要雷打不动地坐在王宫东侧的法院里处理一堆事务。从调节土地纠纷，到调节夫妻矛盾，大大小小的事情无不需要他来解决。到了下午，他还要不辞辛劳地给岛上的男女老少讲解各类知识。

我和蹦波平时也会帮医生授课，不过我们讲的都是一些算数之类的简单课程，至于天文、农业、育婴等专业课程只能医生亲自上阵。

其余时间，医生也不闲着，不是忙着修路、盖磨坊，就是忙着照顾病患等。

相比做国王而言，医生的确更愿意研究动植物，可既然身在其位，他就要尽己所能做到最好。我长大以后，去了很多地方，也见过很多国家领导人，看到过他们的所作所为，我坚信杜利特医生是一位非常了不起的国王！

时间过得真快啊！一转眼，我们已经来到蛛猴岛半年多了。这天，恰逢医生的生日，岛上人民举行各种庆祝活动，热闹极了。当天活动临近尾声时，两个部落的长者手举刻有文字的乌木牌走遍各个街道，然后把它挂在了新王宫的大门上，供人瞻仰。这块乌木牌上共有六幅画，记录了有关医生的六个重大事件，并配以宫廷诗人创作的不同颂词。颂词译过来是这样的：

1. 登上海岛

上天特意安排，他坐着破碎的小舟，从未知的地方来到我们的岛屿。那一刻，就连棕榈树也低下了头，迎接新国王的驾临。

2. 遇见甲虫

崇山峻岭中，皎洁的月光下，他和动物们交谈。贾比兹里虫带来了求救血书。

3. 救助遇险者

他善良慈爱，力大无穷，一拳把山石砸开，让被困的人迎来新生。

4. 取火

天寒地冻，万物凋零。看！他一挥手，闪电划破长空，太阳俯下身来，火诞生了！他又把我们飘忽不定的海岛，推回阳光明媚的海域，让它永远停在那里。

5. 获得战争的胜利

他慈爱的脸庞若是动怒笼罩上乌云，那些胆敢侵犯我们的敌人必将没有好下场。

6. 国王加冕

鸟儿在欢唱，大海在舞蹈，人们喜极而泣，这一天，他要加冕成为我们共同的国王！他是建筑师、医生，也是老师和国王。在历代国王中他最杰出、最伟大！愿他欢喜悦乐，长寿绵延，保佑我们这片土地祥和安宁！

第二章　思念故乡

在新王宫里，我和蹦波各有一间舒适的房子，奇奇、吉格、波利和我们住在一块儿。我是这里的财务总管，蹦波是内务总管。长箭也有专属房间，不过，他出海旅行去了。

这天晚上，医生到宫外探望新生婴儿，我和几个伙伴围坐在接待

室里，就像召开内阁会议那样商讨第二天的工作和计划。当晚我们说起了英国，还不自觉地对蹦波提起了在波浪岬家具店老板家吃过的难忘一餐。

“你们知道现在我想吃什么吗？”蹦波的两眼放光，“我想来一杯奶油可可！只可惜这岛上既没有可可树，也没有奶牛！”

吉格想了想，问：“医生什么时候才会离开这儿继续航行？”

“我昨天问过他，”波利回答，“可他好像还没决定。”

谈话一时陷入了沉默。

突然，波利意识到了什么：“医生会不会不打算回家了？”

蹦波跳了起来：“你别乱讲！”

“嘘！那是什么声音？”

我们安静下来，听到了王宫守卫的叫喊声：“国王回宫！国王万岁！”

“他怎么这么晚才回来！一定累坏了！”波利喃喃地说，“奇奇，你把烟斗和烟丝拿出来准备好，再把他的睡衣也放到椅子上。”

很快，医生表情严肃地进了房间。他疲惫地摘下王冠，脱下王袍，换上睡衣，然后坐在椅子上开始往烟斗里装烟丝。

“那个婴儿怎么样了？”波利试探着问。

医生神情恍惚，想了半天才明白波利的话是什么意思：“婴儿？啊，他好多了，现在正长第二颗牙呢！”

接下来，他一边吸烟一边静静地凝望着房顶，一言不发。

最后，还是我鼓起勇气开了口：“医生，算上明天，我们来到这座海岛已经整整七个月了。您打算什么时候回家？”

“嗯……我正打算跟你们谈谈呢，”医生停顿了一下，“我讲过，一旦我做了国王，肯定要做到最好。如今他们很多事情都需要我处理，我不能一走了之。虽然我们已经带给他们不少改变，但这种改变哪里好哪里坏，最终结果还没有显现出来，所以我需要继续观察下去，以便修改、完善不完美的方面。”

他思索了一会儿，接着悲伤地说：“我想继续研究动植物，想继续航行，更想回到帕杜尔拜镇！可我担心，我离开以后他们又会回到过去，挑起战争，迷信鬼神……我还担心，我教给他们的东西被他们误用，引起糟糕的后果。对我而言，他们就像我的孩子！我怎么能丢下他们就这么走了呢？抱歉，我恐怕得留下来，继续承担我的责任。”

“是永远留下来吗？”蹦波露出惊讶的表情。

医生皱皱眉，想了半天才回答：“我不知道，但我现在肯定不能走。”

就在大家沉默的时候，外面忽然有人敲门。医生赶紧戴上王冠，披上王袍，端坐在椅子上：“请进。”

男仆打开门，站在门口鞠了一躬：“陛下，王宫正门外来了个旅行家，想见您一面。”

波利叹口气，无奈地嘟囔：“我敢打赌，肯定又是哪家的孩子出生了。”

医生问：“你问那位旅行家叫什么了吗？”

“问过了，他说他是金箭的儿子——长箭。”

第三章　长箭的珍藏

医生闻言，激动坏了：“长箭？快请他进来！”

“长箭这次去巴西大概走了五个月了吧？现在总算回来了。”医生乐呵呵地对我们说，“他独自一人划着小舟就敢横渡一百英里的大海，实在是勇气可嘉，我可不敢冒这个险！”

没过一会儿，敲门声再度响起。随着医生一声应答，门开了，长箭一脸微笑地站在门口，他身后还跟着两个拿包裹的人。行完礼后，长箭让那两人放下包裹离开了。

“陛下，我近年来跋涉游历收集了不少珍贵的植物，之前一直把它们藏在安第斯山的一个山洞里。现在献给您。”长箭说着，逐一打开包裹，把那些东西小心地摆在了桌子上。

那些东西起初并没有引起我的兴趣，因为都是些平平无奇的植物，有花、叶子、坚果、豆荚，还有树胶、树皮、种子、蜜蜂、蜜汁以及几种小昆虫。不得不说，我对植物研究从来不感冒，我一直觉得它很乏味、枯燥。可当长箭兴致勃勃地介绍起它们的来历和特性时，我却听得津津有味。

长箭拿起一个小包说：“看到这些种子了吗？我叫它们‘笑豆’。”

蹦波好奇地问：“为何要这么称呼它们？”

“因为吃了它们，就会无故发笑。”

蹦波趁长箭不注意，偷偷抓起三颗笑豆吞进了肚子。长箭发现后，十分惊慌：“如果你只是想试试它的效果，吃四分之一颗就足够了！但愿你别笑死！”

几分钟后，笑豆起作用了。蹦波从微笑，到咯咯地笑，再到狂笑不止，已经完全不受控制了。我们担心他有危险，便把他抬到了隔壁房间的床上。结果，他睡着以后还在咯咯笑，直到第二天早上醒来时也没停。后来听医生说，要不是蹦波身强体壮，当时可能真的要笑死了。

安顿好蹦波，长箭又拿了一些红色树根展示给我们看。他说只要加上盐和糖，把树根煮成汤喝下去，就会疯狂跳舞，而且会一直跳。长箭本想请我们尝试一番，但鉴于蹦波之前的教训，我们都回绝了。

长箭收集的植物既古怪又有意思，成功吸引了我们的眼球。接下来，他相继展示了可以让头发一夜长长的藤油、如南瓜一般大小的橘子、安神效果极佳的黑色蜂蜜、吃后能使人歌声动听的坚果、防治蚊虫叮咬的苔藓、防止晕船的地衣，以及可止血用的水草。

自然，医生对这些植物特别着迷。长箭每讲到一种植物，他都会一边观察，一边记录。

最后，医生结束记录合上本子，颇为感慨地对我说："斯宾塔斯，这些东西一旦到了出色的药剂师手里，肯定会给世界医药以及化学领域带来极大的变化。就拿安神蜂蜜来讲，它至少能淘汰市面上一半的安眠药。米兰达的话没有错，长箭是位伟大的博物学家，他甚至可以与卡尔·冯·林奈齐名！我要把这些东西都带回英国！可是，具体是什么时候呢？"他长叹一口气，又难过地加了一句："对啊，问题就出在'什么时候'上。"

第四章　海蛇现身

那次特别的"内阁会议"之后，我和伙伴们很有默契，再也没问过医生关于回家的事情。时间匆匆流逝，日子忙碌又充实，一眨眼，我们已送走冬春两季，迎来了夏天。

医生还是整日为印第安人的事情忙碌，一刻也不得闲。可我深知，他始终没有忘记帕杜尔拜镇的一切和自己的理想。因为每当有什么事情让他联想起英国以及之前的生活，他就会流露出悲伤的神情。如果不是发生了那件事，我一度以为医生要把余生都奉献给蛛猴岛呢！

波利早就对印第安人以及蛛猴岛的一切感到厌烦了，它常常把这种厌烦挂在嘴上。

一天，我们俩在海边散步，它说："一想到大名鼎鼎的约翰·杜利特医生要把他的生命浪费在这里，我就觉得荒谬！"

我问它："你当真觉得，医生永远不会回帕杜尔拜镇了吗？"

波利苦恼地晃晃脑袋："我不知道。有段时间我觉得，只要他想到家里的动物，定然会尽快回去的。可是，八月份米兰达给他送来了消息，说家里一切安好。我仅存的那点儿希望就破灭了。"说着，它生气地耸耸肩："现在他满脑子都是印第安人的琐事！该怎么让他重新投身到博物学研究上去呢？"

这天天气晴朗，阳光明媚，我坐在金色的沙滩上，望着浪花翻涌的海面出神：父亲母亲会不会因为我迟迟不回家而担心？波利还在一旁小声嘟囔，低沉的音调与海浪漫过沙滩的声音融为一体……我不知不觉睡着了。梦中，我看到蛛猴岛又动了，不过不是像以前那样漂移，而是猛地震了一下，仿佛有一股神秘力量把它提起又放下了似的。

我昏昏沉沉不知睡了多久，直到感觉什么东西在啄我的鼻子才悠悠转醒。

"汤米！快醒醒！"波利焦急地呼唤我，"刚刚地震了你知道吗？我们的机会来了！"

"出什么事了？"

“嘘！你瞧那边！”波利指着海面悄悄地说。

我揉揉惺忪的睡眼，不经意地望了望，结果发现不远处的浅海有个超大的灰红色贝壳！它犹如彩虹一样耸在海面上，闪着耀眼的光泽。我以为自己还在做梦，不确定地问：“那是什么？”

波利凑到我耳边：“这就是几百年来水手眼中最神秘的动物——海蛇，之前我在船上远远地看过几次。现在近距离观察，总感觉它就是菲吉鱼口中的玻璃海螺！汤米，你留在这里看着它，千万别动也别说话，螺类胆小，别给吓跑了。我马上去通知医生！相信我，它的出现或许能帮助我们离开这座海岛。”波利说着，蹑手蹑脚地溜到灌木丛后面，之后才急忙朝城里飞去。

我独自留在原地，直勾勾地望着那个“怪物”，连大气都不敢出。

“怪物”不怎么移动，只是偶尔抬抬头，从水中伸出长长的脖子和触角。有时，它试图像蜗牛那样挺挺身体，想要挪挪地方，但最终都失败了。我猜它的下半部分身体应该受了伤，只可惜因为海水遮挡，我什么都看不到。

或许是看得太入神了，我对波利和医生的靠近毫无察觉。等发现时，他们已经蹲在我身边了。

医生一见到“怪物”，整个人都变了！上一次他出现这种激动兴奋的表情，还是我们发现贾比兹里虫的时候。

“没错！这就是那只玻璃大海螺！”医生讲话的声音都有点儿颤抖了，“波利，你沿着海边瞧瞧，看看能不能找只海豚打听一下，它们应该知道它为什么会在这里。斯宾塔斯，你去港口划条小舟来，注意动作要轻，别惊动它，若是它受惊跑回深海，我们恐怕就再也见不到它了。”

我准备离开时，波利悄悄叮嘱道：“这件事要绝对保密，不能告诉任何一个印第安人，否则用不了几分钟，这里就会人山人海。”

我赶到港口，挑了一艘轻快的小舟，说都没说就划走了。

回去的时候，我看到医生和波利正在与两只海豚交流，于是赶紧把小舟停在岸边，跑了过去。

“我想知道，玻璃海螺为什么会在这里？”医生说出疑问，“据我所知，它一直生活在海底‘深洞’，就算出来活动，也该在深海海域。”

两只海豚闻言，一脸惊讶：“你没听说吗？你让这海岛沉下去的时候，恰好把‘深洞’给堵上了。当时，它正在洞口散步，结果被夹住了尾巴。它苦苦挣扎了六个月，也没挣脱，最后费了好大的劲儿把这海岛顶起来一点儿才拔出了尾巴。之前，你没感觉到地震吗？”

“感觉到了，当时我们正在建造剧院，结果被震塌了。”

“那就是它造成的。不少受困的鱼儿也趁机逃出来了。”两只海豚继续说，“但因为用力太大，它尾巴受伤了，所以不得不找个合适的地方休养。可能是看这里沙滩不错，它就爬上来了。”

医生惊呼一声：“沉岛是个意外事件，我们之前并不知道。它伤得厉害吗？”

“我们不懂它的语言，没法了解。不过，刚刚我们经过时，看它好像伤得不太重。”

“你们一点儿也不会说水生有壳动物的语言？”医生问。

“一个字都不会。那是最难的动物语言。”

“可以请你们帮我找找会这门语言的鱼类吗？”

海豚点点头：“我们试试吧。”

“谢谢你们！我有一些重要的事情要问玻璃海螺。另外，我还想给它治伤，想知道它需不需要别的帮助。”医生解释道。

“好的。你在这里稍等片刻，我们去去就来。”两只海豚说完就游走了。

第五章　破解谜题

接下来的一个多小时，海豚陆陆续续请来了许多海洋动物，可它们似乎都帮不上什么忙。好在之后海豚又带来了一只老海胆，事情才出现了转机。从海胆的口中我们得知，海星可能会讲水生有壳动物的语言。于是，海豚又回到水里找来了一只海星。

我们请海豚、海胆在中间充当翻译，与海星聊了一会儿。虽然海星看起来不怎么聪明，但很热心，愿意帮忙。经过一番验证和实验，我们可以确信，海星确实会说水生有壳动物的语言。

医生激动坏了，赶紧和我登上小舟，同海豚、海胆和海星一起向玻璃海螺慢慢靠近。

很快，我此生经历的最奇妙的一次对话开始了。海星向玻璃海螺提问题，玻璃海螺回答后由海星翻译给海胆听，海胆讲给海豚，海豚最后再告诉医生。通过这个复杂的方式，我们掌握了不少关于远古时期动物的信息。但不可否认的是，层层翻译以及海星的呆头呆脑，很可能让我们遗漏了什么信息。

玻璃海螺讲话的时候，我和医生就把耳朵紧紧贴在它的壳上，听取它的声音。当然，我们一句也听不懂，可医生还是喜笑颜开，因为他苦苦研究了那么久，现在总算有机会零距离聆听这种语言了！接着，医生让那三位动物翻译官不断重复一些语句，然后自己把某些词语拼在一起，尝试练习。没一会儿，他便把脑袋伸进水里，开始和玻璃海螺正式对话了。

他们的交流不是很顺畅。几个小时过去了，医生才取得一点点成果。直到夕阳西下，凉风徐徐吹来，医生才停止交谈。他对我说："斯宾塔斯，我已经邀请玻璃海螺到海滩上去，我要给它检查一下伤势。你回去一趟，通知修筑剧院的工人们停工，然后你到王宫把会见厅王座下的药箱拿来。"

我离开之前，波利再一次细心叮嘱："如果有人问起，你可以假装牙疼，闭口不谈。总之，什么都别说。"

我拿着药箱回来的时候，玻璃海螺已经来到了沙滩上。它整体看上去十分高大，还那么美丽优雅，我有点儿明白为什么水手要叫它"海蛇"了。

医生从药箱里取出一瓶药膏，小心地涂抹在玻璃海螺的尾巴上，接着还打算用绷带把尾巴包扎起来，但没包一半绷带就没了。我听从医生的吩咐，又回到王宫，把橱柜里所有的床单被套都拿来，并撕成了绷带条。一番忙活之后，终于把那条大尾巴包好了。玻璃海螺似乎也放心了，开始懒洋洋地趴在沙滩上休息。

“我想应该派个人整晚守在它身边。就蹦波好了！反正他一整天都在睡觉。相信过不了多久它就会痊愈的。若不是我太忙，真想亲自陪着它，那样我们正好可以多聊聊。”医生说。

准备离开时，波利开口道：“医生，恕我直言，从加冕到现在，你一天都没休息过，是时候给自己安排个假期了。”

医生点点头：“说得有道理。”

波利面露喜色，赶紧建议：“你听我的，回到王宫后就发布一条公告，说出于健康考虑，要到乡下微服出游一个星期，且不带任何随从，还要特意标明，其他国王都是如此行事，以便放松身心。这样一来，这几天你就可以来陪玻璃海螺了。怎么样？”

医生面露难色：“主意很好，只是剧院还没建完，那些孩子和印第安妈妈……”

波利气鼓鼓地说：“建剧院完全可以停工一个星期，至于那些孩子，他们顶多就是肚子疼而已！你需要休假！”

第六章　最后的会议

我清楚，让医生休假也是波利计划的一部分。

尽管医生没做任何回应，但我能感觉得到，波利的那番话让他动摇了。

刚吃过晚饭，医生就从王宫里消失了。他没通知蹦波去海滩，所以我们料定医生必定是去陪玻璃海螺了。

当天深夜，我们关上门，再次召开“内阁会议”。波利第一个站出来发言：“你们听我说，如果大家不想余生都生活在这座海岛上，就必须让医生休假。”

蹦波问：“就算他休假，又能改变什么呢？”

波利不耐烦地回答：“如果他趁这段时间沉浸在博物学研究里，重拾探索海底的梦想，我们就有机会说服他离开这个地方！不然，他只会一直处理国事，哪有心思想别的！”

蹦波了然地点点头：“是啊，他对国事太专注了。”

波利继续解释：“想要离开，唯一的办法就是秘密逃走。休假期间，没人知道医生在哪儿，干了什么，还有比这更好的逃走时机吗？如果医生大张旗鼓地造船，肯定会引起印第安人的注意和怀疑。他们只要察觉到一点儿苗头，说不定就会把医生用链子锁起来！”

“我同意你的观点。但是没有船，我们怎么离开？”我问。

波利傲娇地表示：“我来告诉你吧，如果他同意休假，我们就去做玻璃海螺的工作，让它答应用壳把我们带回帕杜尔拜镇。你们想想，医生知道后能不心动吗？况且，他还能趁此机会畅游海底，把长箭拿来的那些植物带回去给人们做研究。这诱惑力多大啊！”

“你的意思是那个海螺会带着我们从海底回到帕杜尔拜镇？太棒了！”我差点儿跳起来。

“当然，只要能说服医生，并且海螺答应我说的事情，一切就能变成现实。”

吉格叹了口气：“我希望一切成真。我讨厌死这里的气候了！我太思念帕杜尔拜镇和我们家的花园了！还有嘎嘎，它见到我们肯定超级开心！”

“到下个月底，我们出来就整整两年了。你们还记得离开帕杜尔拜镇时，人们向我们挥手的情景吗？”我的眼角湿润了。

吉格哽咽着说：“当然记得。他们应该会经常想起我们吧，挂念我们的安危。”

蹦波吸吸鼻子，终止了这个话题：“别再说了！我都要哭了。”

第七章　最后的抉择

第二天一早，我们就听到了一个好消息：医生通过和玻璃海螺彻夜长谈，决定休假了。

于是，公告马上下发了出去，通报全岛。

波利别提多开心了，他立即不动声色地为“逃离计划”做起了准备。我们需要带什么，什么时候离开，走哪条路线……所有细节都在波利的策划范围之内。它嘱咐我离开时要带上医生所有的记事本；通知重要知情人长箭，把他收集的植物拿到海滩上去；叮嘱蹦波藏好医生的礼帽，别被他发现；同时把值夜的仆人都打发了；最后还敲定了行动时间——午夜，因为那时人们都睡着了。

这晚，十二点的钟声一响，我们便带着一大堆的行李和食物悄悄打开王宫西门，溜了出去。

我们来到海滩，发现玻璃海螺已经精神了许多，正在摆弄尾巴呢。海豚也没走，还在近处嬉戏。于是，波利趁医生不注意，偷偷把海豚叫过来密谈。

“朋友们，约翰·杜利特医生把一生的大部分时间都献给了动物，现在他需要你们的帮助！医生并不想做这里的国王，他只是担心印第安人没有他会生活得不好。大家很清楚，这纯粹是瞎操心。只要玻璃海螺同意用壳把我们和行李运回英国，医生肯定会跟我们一起走的，去海底遨游一直是他的梦想，而且这也是他离开这里的唯一机会。我想，让他回到英国继续从事博物研究工作，这对动物、对科学界都太有意义了！麻烦你们请海胆、海星帮帮忙，去和玻璃海螺谈谈，可以吗？”

海豚们听罢，欣然应允：“没问题！”就在它们准备离开时，波利又补充道：“切记不要让医生知道这件事！得玻璃海螺自己提出来带我们走，明白吗？”

接下来的半个小时，我们的心情非常忐忑，不知道海豚是否能完成任务，正焦急的时候，医生忽然朝我们狂奔而来。

“天啊！你们知道玻璃海螺刚刚跟我讲了什么吗？它想把我们送回英国！它说，‘深洞’回不去了，自己要去找个新住处，如果我们愿意，可以顺路带我们回帕杜尔拜镇！天知道这是一个多好的机会！我巴不得去瞧瞧从巴西到欧洲的海底是什么样呢，那旅程多奇妙啊！如果我不是国王就好了……"

医生越说越难过，独自转身走到海边，望着玻璃海螺出神。漆黑的夜幕下，他形单影只的背影宛若一尊落寞悲怆的雕像。

波利见状，走过去安慰他："你应该明白，当国王并不是你追求的梦想。你不在，印第安人同样能努力过得很好。当初是他们非要立你为王的，又有谁会指责你一走了之呢？请接受玻璃海螺的建议，放下这里的一切回去吧，你想想，回去之后你所做的工作哪一项不比当国王更有意义？"

"我一走，他们会恢复以前的生活方式，喝脏水、吃生鱼……我必须为他们的健康、幸福着想，起码现在不能走。"

"你错了！若是现在不走，以后恐怕更难离开！听我的，今晚就走，现在就走！"

"你的意思是偷偷离开？这怎么行？"

终于，波利生气了："如果你要回去跟他们告别，那么就永远都别想走了！"

医生一言不发，陷入了沉思。过了好一会儿，他才说："我得把那些记事本带回去。"

"我已经把它们拿来了！全都拿来了！"我大喊。

"还有长箭收集的那些东西，我也要带走。"

长箭的声音传来："别担心，东西都在这里。"

"那食物呢？我们吃什么？"医生又问。

波利无奈地回答："我们准备了一个星期的食物，甚至比那还要多。"

“对了，帽子！我得戴着帽子回英国。”

蹦波拿出帽子挥动几下：“医生，帽子我也拿来了。”

其实大家都能看得出来，医生一直在找借口。这时，长箭说话了：“亲爱的朋友，你接下来的人生轨迹很清晰，你的未来和工作都在大洋彼岸，回家乡去吧，把我收集的东西一并带回去，让它们发挥出更大的作用。天快亮了！趁他们还没发现马上离开吧，不然，你后半生会被永远囚禁在这里！”

重要的人生抉择往往都是片刻之间做出的。随着天际渐渐泛白，医生总算下了决心，他慢慢取下头上的王冠，放在沙滩上，然后哽咽着说：“等我的子民们来找我的时候，发现它就应该知道我已经走了。不知道他们是不是能理解并原谅我的不辞而别。”

接着，他从蹦波手里接过帽子戴在头上，转而紧紧握了握长箭的手。

长箭的眼角也湿润了：“朋友，你做了一个正确的决定！愿好运永远伴随你！”

医生哭了，一句话都没说，默默地走向玻璃海螺。此时，玻璃海螺的肩膀和壳之间打开了一条缝，医生率先钻了进去，我们几个伙伴把食物和行李运完后也钻到了里面。很快，那缝隙合上了。玻璃海螺轻转身体，缓缓顺着海岸斜坡进入了海洋深处。

就在深绿色的海水漫过我们的头顶时，火红的朝阳跳上了海面。透过水晶一样的玻璃墙，我们看到，整个世界一下亮了起来，到处都闪耀着五彩缤纷的光芒！

回家的途中，我们经历了哪些有趣的事呢？

我们的“旅行房”简直棒极了！不论坐着、躺着都可以，如果你能习惯里面潮湿冰凉的感觉，就会觉得它比沙发还要舒服。走了没多久，玻璃海螺友情提醒大家把靴子脱掉，因为我们一看到特别的景色，就忍不住跳来跳去，靴子上的钉子刺痛了它的背。

玻璃海螺走得非常平稳，要不是四周的景物一直在后退，我们几乎感觉不到自己在移动。

以前，我总以为海底是平的，直到现在才发现海底的地形和陆地一样复杂多样。我们登上过巍峨的海底山峰，穿梭过茂密的海草森林，走过酷似沙漠的大陆架，也探索过幽暗僻静的海底峡谷。

每当在海底看到斑驳腐朽的沉船残骸时，我们就会悄悄议论几句，如同参观教堂里的纪念像一样。

黑漆漆的海洋深处，有许多躲藏在洞穴里的怪鱼。若是受到惊扰，胆小的会像闪电似的逃之夭夭，胆大的则会慢慢凑近，透过“玻璃墙”观察我们。

“它们肯定以为我们是它们的同类。我讨厌做一条鱼！”蹦波说。

我们仿佛在观看一场变幻莫测的海洋展览。而医生不想错过任何细节，一直在记事本上写写画画，不久，余下的本子就用完了。最后，他不得不把之前的本子拿出来，把封面、封底以及字迹的间隙都利用上，写满了内容。

途中，我们遇到的最大难题是照明。不过好在出发的第三天，我们就碰到了一群能发光的电鳗。医生灵机一动，让玻璃海螺邀请它们陪我们走一段，电鳗答应了。虽然这种动物发出的光并不是很亮，却给我们解决了大麻烦。

有件事让我疑惑不解，玻璃海螺是怎么穿过黑漆漆的海底，找到去往杜尔拜镇的正确路线的？当医生从玻璃海螺口中得到答案后欣喜若狂，干脆把它写在了礼帽的内衬上，要知道，当时已经没有任何纸张可以记录了。

夜晚，海里什么都看不见，玻璃海螺不再爬行，而是用尾巴游动。它游动的速度太快了，所以我们只用了五天半的时间就完成了整个旅程。

第六天下午，玻璃海螺带着我们爬上一个斜坡，钻出水面，然后停在了一块沙地上。身后的海面依旧波涛汹涌，左边是条河流的入海口，河水正源源不断流向大海。我们的正前方，雾霭弥漫，一片平坦的沼泽地隐匿其中，看不真切。这里的景色与炎热的蛛猴岛简直有着天壤之别。

玻璃海螺打开那道“窄门”，我们钻了出来。当我们踏上沼泽地的时候，才发现天空正飘着绵绵秋雨。

“我们已经到英格兰了吗？感觉不太像，是不是玻璃海螺找错地方了？”蹦波一脸迷茫。

波利抖抖湿乎乎的翅膀，说：“这里的确是英国，一看这讨厌的天气就知道了！”

“啊！好熟悉的味道。咦？那里有只水老鼠，对不起，我失陪一下。”吉格说着跑远了。

“你们听，是老教堂的钟声！四点了。”奇奇瑟缩着身子，提醒大家，“我们拿好行李赶紧走吧，穿过沼泽地得好长一段时间呢。”

“希望嘎嘎在家里把炉火生得很旺。”我说。

医生一边在行李堆里翻出他那个旧手提包，一边对我们说：“它会的。大家沿着河岸走，免得迷路。一想到这样的坏天气还有炉火可以烤，就觉得浑身暖洋洋的。走吧，我们回去正好可以吃点儿下午茶……”

图书在版编目（CIP）数据
杜利特医生航海记 /（美）休·洛夫廷著；何然编译；文雨绘. -- 北京：科学普及出版社，2025. 4.
（国际大奖儿童文学）. -- ISBN 978-7-110-10855-0
Ⅰ. I712.88
中国国家版本馆CIP数据核字第2024HU7104号

总 策 划	周少敏
策划编辑	邓　文　李　睿
责任编辑	李　睿
封面设计	书心瞬意
版式设计	翰墨漫童
责任校对	吕传新
责任印制	徐　飞

出　　版	科学普及出版社
发　　行	中国科学技术出版社有限公司
地　　址	北京市海淀区中关村南大街 16 号
邮　　编	100081
发行电话	010-62173865
传　　真	010-62173081
网　　址	http://www.cspbooks.com.cn

开　　本	720mm × 880mm　1/16
字　　数	150 千字
印　　张	12
版　　次	2025 年 4 月第 1 版
印　　次	2025 年 4 月第 1 次印刷
印　　刷	鸿鹄（唐山）印务有限公司
书　　号	ISBN 978-7-110-10855-0/I · 784
定　　价	58.00 元